昭和二十年夏、子供たちが見た戦争

梯 久美子

角川文庫
18005

昭和二十年夏、子供たちが見た戦争　目次

私は疎開してみたかったのね。
違うところに行ったら、違う世界が見えるんじゃないか、
別の運命があるんじゃないか。そう思ったの。
……角野栄子　7

そうしたらね、入ってきたんですよ。ジープを先頭に。
ついこの前まで、鬼畜米英と思っていたんだけど、
目の前で見ると、やっぱり輝いて見えてしまう。
……児玉　清　39

僕は、いい時代に育ったと思っているんです。
敗戦直後の、ものすごく自由で解放された雰囲気。
誰もが貧しかったけれど、活気があった。
……舘野　泉　69

原爆ドームに行ってみたら、ふっと出てきたんです。
ええ、みっちゃんが猫を抱いていて。
あの猫はね、冷たかった。死んでる猫だったのよ。
……辻村寿三郎　97

あのころは女学生も来て、僕の見ている前で打っていた。
僕、聞いたんですよ。「なんでヒロポン打つの」って。
そしたら「痩せたいから」。
……梁 石日 129

出征した担任教師が戦死。これからまだまだ、
いろいろなことが起こるにちがいないと思いました。
とにかく憂鬱でした、世界が。
……福原義春 157

ええ、私にはわかっていました。
この人たちはもうすぐ死んでいくんだって。
一度飛び立ったら還ってきてはいけないということも。
……中村メイコ 187

終戦後の大連ではコックリさんが大流行しました。
大の大人が「コックリさん、コックリさん、
私たちはいつ帰れますでしょうか」とやる。
……山田洋次 221

僕はたぶんあのとき、心底怖かったんだと思います。
もしかしたら僕があの浮浪児になっていたかもしれない。
何かが間違ったら、あの少年は僕だったかもしれない、と。……倉本　聰　253

少なくとも兵士は銃を持って戦場に出た。
でも一般の市民は、誰も守ってくれない無法状態の中に
丸腰のまま放り出されたのです。……五木寛之　285

あとがき　315

解説　末盛千枝子　319

『昭和二十年夏、子供たちが見た戦争』関連年表　327

私は疎開してみたかったのね。
違うところに行ったら、違う世界が見えるんじゃないか、
別の運命があるんじゃないか。そう思ったの。
——角野栄子

生後四か月。生母に抱かれて。

角野栄子（かどの・えいこ）
一九三五（昭和一〇）年、東京生まれ。作家。二四歳からブラジルに二年間滞在し、一九七〇年、その体験をもとに書いた『ルイジンニョ少年　ブラジルをたずねて』でデビュー。これまでに産経児童出版文化賞大賞、野間児童文芸賞、小学館文学賞など多数受賞。代表作に『魔女の宅急便』シリーズがある。

鎌倉《かまくら》の駅に降り立つと、空気の感触が違っていた。この日、東京の気温は三五度。そこから一時間電車に乗っただけで、ひと息ごとに胸を圧迫してくるような、都会の濃密な熱気は消えていた。

角野栄子《かどのえいこ》さんの自宅がある由比ヶ浜《ゆいがはま》の方向に向かって歩き出す。商店街を抜けて、小道のいりくんだ住宅地に入ると、時折、かすかに潮の匂いを含んだ風が吹いてくるのを感じた。

「このあたりの風はね、チェックに吹くの」

角野さんが言う。鎌倉に暮らして一〇年目だという。

「鎌倉って、道が縦横、複雑になっているでしょう。幕府がそんなふうに作ったんだと思うけれど。だから、風が吹くところと吹かないところがある。道を通ってさーっと吹いてきて、行き止まりになると、風も立ち止まるのね」

チェックの風。言われてみれば、ここへ来るまでの道に吹いていたのは、たしかにそんな感じの風だったかもしれない。ファンタジー作家として数多くの作品を送り出してきた角野さんの言葉には、聞くものをふっと楽しい気持ちにさせる小さな発見がある。

角野さんの代表作のひとつに、宮崎駿《みやざきはやお》氏が監督をつとめたスタジオジブリ作品『魔女の宅急便』がある。ほっそりとした長い手足と、いきいきした大きな目の角野さんには、主人公キキのイメージとどことなく重なる雰囲気がある。角野さんがお茶を淹《い》れてくれるために席を外したとき、同行した編集者が、「キキが大人になったら、きっとこんな感じの女の人になるんでしょうね」と納得したようにつぶやいた。

作品と作者が一致すると、読者は安心し、なんとなく嬉《うれ》しくなる。その日、私も編集者も、そんな気持ちを味わうことになった。

角野さんの自宅を訪れたのは二〇一〇年八月。昭和一〇年生まれの角野さんは七五歳になっていたが、少女が大人になったばかり、という雰囲気を漂わせていた。外見は若々しく、着ているものもお洒落《しゃれ》だが、見た目の問題ではないことが、時間がたつうちにわかってきた。角野さんにインタビューしていると、ついこの間まで子供だった人の話を聞いているようなのだ。彼女が一〇歳だった戦争末期の日々から、もう六五年もたっていたというのに。

たった一杯のご飯のことで

昭和二〇年の八月一五日、小学校五年生だった角野さんは、荷車の下から空を見上げていた。場所は、東京から疎開*していた千葉県の野田に近い村である。

その日のことを、角野さんは「荷車のしたで」というエッセイでこう書いている。

八月十五日の空は本当に青かった。あの青さは忘れられない。

私は強い日射しをさけて、麦畑の中の道に止めてあった荷車のしたからその空を見上げていた。膝を折り、背中を曲げ、首をねじるようにしてのぞいていた。

その日は朝から大人たちの動きがいつもと違っていた。

*疎開（そかい）
戦時中に都市の住民を空襲などの被害から遠ざけるため、地方に引っ越しさせたこと。子供たちを学校単位で移動させる「学童疎開（集団疎開）」は国の施策として行われ、東京をはじめとする一三都市から約三五万人の児童が疎開した。

でも十歳の私にはその時抱えていた自分の問題で胸がいっぱいだった。

（『子どもたちの8月15日』岩波新書より）


角野さんが抱えていた「問題」とは、ご飯のことだった。

その日、彼女は友だちのミッちゃんの家でお昼ご飯を食べさせてもらった。家では毎日、すいとん*や雑炊だったのに、遊びに行ったミッちゃんの家には、白いご飯があった。ミッちゃんの家族は全員出かけていて、角野さんはすすめられるままに、彼女がよそってくれたご飯を食べてしまったのだ。

当時の子供たち、とくに疎開した子供は、つねにお腹を空《す》かせていた。めったにお目にかかることのできない白いご飯を差し出されれば、食べてしまうのは当たり前のことだ。けれども、土地の人たちの好意を素直に受けてしまってはいけないことを、このときの角野さんは知っていた。

その一〇日ほど前のこと、角野さんは近所の農家で、ちらしずしをご馳走《ちそう》になっていた。そこの家のおばさんが「喰《く》ってけ」と言って、茶わんによそってくれた。母にはそのことを黙っていたが、三日ほどして、「あそこの家で、おすしを食べたんだって?」と言われてしまう。母は、ご馳走してくれたおばさん本人の口から聞かされたのだ。「メシ、くわせたから」と何度も言われた母は、いたたまれずに、半襟を持ってお礼に行ったという。

疎開者と地元の人たちの微妙な関係。そのとき、母から「これからはもうやめてちょうだいね」と言われたにもかかわらず、ミッちゃんの家でご飯を食べてしまったのだ。

お母さんに分かってしまったらどうしよう。角野さんは小さな胸を痛めていた。

あの時の母の顔がうかんで、私は荷車のしたから出ることができなかったのだ。日本が大変だった日、たった一杯のごはんのことで、十歳の私の心は心配でいっぱいだった。

（前掲書）

私が角野さんに話を聞いてみたいと思ったのは、このエッセイを読んだことからだ

＊すいとん
小麦粉で作った団子を入れた汁。「水団」と書く。関東大震災後に一般化し、太平洋戦争中は主食の代わりに国民の多くが食べた。

った。

一〇歳の女の子が、荷車の下から見た青い空。まなかいに浮かぶ、母の顔——。

角野さんは、五歳のときに実の母を亡くしている。この母は、父の後妻だった。

「母は決して、継母《ままはは》的な人ではなかったと思うんです。実の母が亡くなって、姉と私、それからまだ乳飲み子の弟が残されて。そこに母が来てくれたんですね。だから私、その母を大切な人だと思いました。父にとっても、私たちにとっても。戦争中、父は東京で徴用*されていたし、頼れる人のいない疎開先で、母は母なりに、子供たちは子供たちなりに、努力していたと思います。家族みんな、一生懸命生きていたのね。でも、やっぱり実の母がいないというのは、ちゃんとした自分の場所が、いつもないような感じだったと思うんです」

昭和二〇年八月一五日は、日本中がまぶしいほどの晴天だったという。私はこれまで大勢の人から、あの日の青空の記憶を聞いてきたが、荷車の下から、一〇歳の少女が膝《ひざ》を折り、首をひねって見上げた青空を思うと、何ともいえない気持ちになる。もしあの時代に自分が子供だったらと、つい想像してしまうのだ。

大人たちとは違う目線で、子供たちはあの日の空を見ていた。幼いなりに、それぞれの生きる重さを抱えて。

〈日本が大変だった日〉も、子供は子供の人生を生きていた。

別の運命を求めて疎開する

母や弟らとともに終戦を迎えた千葉県の村は、角野さんにとって二回目の疎開先だった。最初の疎開先は、現在の山形県長井《ながい》市。学校単位で田舎に移り住む集団疎開だった。

当時、田舎に親戚《しんせき》のある家は、そこを頼って家族で疎開したが、そうではない家は、子供だけを疎開させた。学校ごとに疎開先を決め、先生もいっしょに、まとまって田舎へ移動するのだ。

角野家は両親とも東京の出身で、疎開する田舎がなかった。そこで、終戦前年の昭

＊徴用（ちょうよう）
もともとは、非常時に国家が国民を強制的に動員して一定の仕事につかせたり、強制的に物品を取り立て使用することをいう。本文では、一九三八（昭和一三）年の国家総動員法、翌年の国民徴用令により、軍務以外の業務につかされたことをいう。

和一九年秋、小学校四年生だった角野さんは、家族と離れ、子供だけの疎開生活を送ることになったのである。

――父は、私を疎開させるのに二の足を踏んだようです。たしかに東京は空襲で危ないけれど、まだ九歳の娘を手もとから離すのをためらったんですね。「こんな小さい子が行かれるのかね」みたいなことを言っていました。

でも私は、なんだか行きたかったのね。違うところに行ったら、違う世界が見えるんじゃないか。別の運命があるんじゃないか――子供心にそう考えていたんじゃないかと思います。

当時の私は、運命が変わるということに、とても心をひかれる子供だったんです。本の中には、そういうお話がたくさんあるでしょう。だから本の世界に夢中になりました。小学校二年生ぐらいのときに『小公女』に出会って、読み始めたらもう止まらなくなって。あんなに力の入った読書って、それ以後はないような気がします。

きっと、主人公のセーラという少女に自分をかさねていたんだと思うのね。ほかにも、『秘密の花園』とか『アルプスの少女ハイジ』『あしながおじさん』などを、それは一生懸命に読みました。自分と同じ年ごろの女の子が出てきて、その子の運命が変わっていくお話が大好きでした。たぶん、現状に満足していなかったんでしょうね。普通なら、親と別れて遠くに行くなんていやですよね。まだ九歳だったんだし。でも私は、疎開を自分が変われるチャンスだと考えたんだと思うの。当時の私は、勉強も学校も嫌いで、ちょっと押されても泣くようなダメな子だったんです。すごく自信がなくて。

疎開先の長井には、立派な旅館が何軒もあった。そこに、いくつかの学校が疎開してきていた。角野さんたちが暮らしたのは、長井駅前にあった和泉屋《いずみや》旅館である。本館は木造三階建てで、子供たちは旧館の一階と二階に寝泊まりした。

地元の人たちは、都会から来た子供たちに親切にしてくれた。初日には歓迎の餅《もち》つきがあり、つきたてのお餅が振る舞われた。東京育ちの角野さんは、四角い切り餅しか知らず、くるみ餅や納豆餅を生まれて初めて食べたことが忘れられないという。

みんなで助け合った山形の冬

――旅館の人たちもやさしくしてくれました。でも食べ物はやっぱり、あまりありませんでした。それで、東京から持っていったお手玉を破いて、中の小豆《あずき》とか大豆とかを何粒か取り出してね。缶詰の空きカンに入れて炒《い》るんです、炬燵《こたつ》で。昔の炬燵は炭をおこしていましたから。ええ、昔の女の子はみんな、お手玉を七つか八つ、持っていたんですよ。それで空腹をしのいで。

お腹が空いて、歯磨き粉を食べた子もいました。昔は練り歯磨きじゃなくて、粉の歯磨きがびんに入っていたの。今もそうだけど、ちょっと甘いでしょ、歯磨きって。お腹はいつも空いていましたけど、旅館の方たちが、なんとか子供たちに食べさせようとしてくれました。近所の方が林檎《りんご》を持ってきてくれたり。

辛《つら》かったのは、ゴム長靴がなかったことね。山形には秋に行って、春までいたでしょう。冬は、東京では経験したことのない寒さで、雪も積もるわけです。雪靴といって、藁《わら》で作った長靴のようなものをはいて学校に行くんだけれど、雪でぬれて、すぐ冷たくなっちゃうの。それが辛くてね。

泣きたいような気持ちで帰ってきたら、旅館のおばあちゃんが、みんなの雪靴を全部、囲炉裏端《いろりばた》に並べてくれるんです。

旅館にはご主人がいてお嫁さんがいて、その子供たちもいて。お手伝いの人たちもいたけれど、みんな忙しいんですよ。でもおばあちゃんはいつも囲炉裏端にいて、靴を乾かしてくれる。それだけなんですけど、やさしいな、って。そういうの、忘れられません。そのおばあちゃんのお孫さんとは、いまも交流があるんですよ。

その冬は、山形でも特に寒かったそうで、夜は、みんなで炬燵やぐらに足をつっこんで寝ていました。すごく雪が積もって、一階は雪に埋もれているから、二階から出入りをしていましたね。二階の窓の外は雪の壁で、寝ている間にさらさらと雪が入ってくる。お風呂《ふろ》は旅館の母屋に入りに行くんですけど、帰ってくるときは髪の毛が凍っているの。そういう暮らしは初めてですから、やっぱり大変でした。

自分から行きたいと思った疎開ですけど、私、向こうでずいぶん泣いていたらしいです。四〇代か五〇代になって、同窓会でそのころの友だちに会ったら、「一番泣いてたのは栄子ちゃんだった」ってみんなが言うの。

いじめられたりはしませんでした。四年生から六年生までが同じ部屋に寝泊まりしていたので、六年生のお姉さんが、親代わりみたいにして世話をしてくれるんです。一つ二つしか年が違わないのに、みんな下の子に責任を感じるのね。

おうちの事情もいろいろですから、たとえば寒さに対応できない衣類しか持ってきていない子もいるわけです。そういう子には、自分のセーターを貸してあげる子がいたりして、案外、子供たちなりに助け合って生活していました。

女性と子供だけの田舎暮らし

山形から千葉へ移ったのは、昭和二〇年三月一〇日の東京大空襲がきっかけだった。

――父は深川《ふかがわ》でわりと大きな質屋をやっていたんですが、東京大空襲で、深川あたりはほぼ全滅してしまったんですね。父の質屋も焼けました。借地の上に店を建てていたので、生活の土台をすべて失ってしまったわけです。店のまわりには長屋がたくさんあったんですが、そこの人たちはみんな亡くなって、父だけが助かりました。

住まいは小岩《こいわ》にあって、山形に疎開していた私以外の家族はみなそこに住んでいたんですが、そちらは無事でした。

空襲の後、弟が家のそばの道の角に座っていたら、焼け出された人たちが大勢逃げてきたそうです。その中に父がいたんですけど、弟はぜんぜんわからなかったんですって。九死に一生を得て、もうぼろぼろになって帰ってきたんですね。

父は、東京はもう危ないと思って、翌月、小学一年生になった弟をとりあえず集団疎開させ、家族で疎開できる土地を探したんです。

弟は私と同じ山形県の長井に疎開してきたんですが、ずいぶんいじめられたみたいなの。男の子と女の子は部屋が別々で、私、ときどきは覗《のぞ》きに行っていたんですけど、弟も何も言わなかったのね。私も自分のことでいっぱいいっぱいだったんでしょう、気づいてやれなくて。あとで父に怒られました。いまもそのことを思うと胸が痛いです。

角野さんの父は、太平洋戦争開戦直前の昭和一六年九月に召集*されている。そのわずか二か月前に再婚したばかりだった。応召*から三か月後の一二月、脚気*と診断されて除隊*となる。一二月八日の開戦から二〇日ほどたった頃のことだった。

*召集（しょうしゅう）
もともとは関係者を呼び集めること。この場合は召集令状、いわゆる赤紙で兵士となる成人男子を集めることをいう。
*応召（おうしょう）
広義では呼び出しに応じること。狭義では召集され軍務につくことをいう。
*脚気（かっけ）
ビタミンB_1不足で引き起こされる病気。手足がしびれたりむくんだりする症状が出る。

弟が長井に疎開してきてまもなく、父が千葉県の野田の近くの村に家族で住むことのできる疎開先を見つけてきた。経営していた質店の従業員の家の納屋である。その従業員は戦争に行っていて、知り合いは誰もいない土地だった。

父と女学校の一年生だった姉は、東京で徴用されており、小岩の自宅に残った。

角野さんは、山形県長井の疎開先から弟とともにその村に移り、母、母の母、父との再婚後に母が産んだ幼い妹とともに暮らすことになった。母は身重で、第二子の出産を間近に控えていた。縁の薄い土地での、女性と子供だけの生活が始まった。

移り住んだ納屋は八畳ほどの広さで、畳はなく、筵《むしろ》を敷いて暮らした。風呂もなく、トイレと竈《かまど》は外。竈で燃やす燃料は、大きな籠《かご》を背負って山に入り、熊手《くまで》で落ち葉を搔《か》いて集めた。都会育ちの女の子にとっては慣れない生活だった。

親戚はいないので、食料を分けてもらうにも、風呂を使わせてもらうにも、お礼をしなければならない。戦争末期にはもう現金は役に立たず、なにかしら物を差し出さなければならなかった。

「奥さん、いい大島の着物着てるね」といわれれば、今度はそれが欲しいのだと、母は感じた。そしてそれは大抵その通りになった。タンスが開けられ、母の着物が一枚、一枚ととりだされ、お米や小麦に変わっていった。そんなとき、母はその着物の思い出を、なにかしらいうのだった。そのたびに私は肩身の狭い思いをした。弟と私は余計な存在だと、どうしても思ってしまうのだった。いつも気持ちの半分をぎゅっとしばって、閉じこめていた。そして父がくるときだけ、私と弟は子供に返ることができた。

（前掲書）

——何ごとも、ただでしてもらっちゃいけないんですよね。子供にもだんだん、そういうことが分かってくるの。

都会の人は、着物とかいっぱい持っていて、田舎の人は、やっぱりそういう生活ではなかったわけだから。戦後も、都会の人は着物を持って田舎に買い出しに行ったりしたでしょう。

疎開した最初のころは、畑で何でも取ってきていいよ、と言ってもらったりもしていたんですよ。でも、ずっとそういうわけにはいかないわよね。

＊除隊（じょたい）
兵士が兵役を解かれ、軍を離れること。

うち、納屋だったでしょう。鶏が放し飼いになってるんです。その鶏が、あるとき母屋の人たちからは見えないところにたくさん卵を産んでいたの。母は、返さなくちゃいけないって言うんです。でも少しだけもらいましょうということになって、あとは返した。鶏はどこに産めばいいかなんて考えていないから、居候の私たちのところに産んじゃったのねって、おかしかった。

食べ物についてはね、いま考えたら、足りていた気もするんですよ。だけど、飢餓をおそれる心というのかしら、それはとても怖いものでね。もっと食べたいんですよ。ほんとうは飢えていなくても、もっともっと、という気持ちになる。

ご飯は一膳《いちぜん》半だけね、と言われると、すごく悲しいし、不安なわけ。いくらでも食べていいと言われれば、一膳半でじゅうぶんだったのかもしれないと、いまは思うんだけれど。

食べ物のこととか、母のこととか、切ないことはいろいろあったけれど、この村での私は、暗いばかりではなかったんですよ。いつもいじいじしていたわけではないの。疎開をきっかけに、自分を変えたいと思っていたという話をしましたけど、長井にいたときは集団疎開でしたから、まわりのメンバーは変わらないわけです。でも次に移った千葉県の村では、いままでの私を知っている人は誰もいない。学校の子たちも、近所の人も、泣き虫でダメな子だった私を知らないんです。いま変わらないと、私はずっとダメな子のままだ。いまこそチャンスだ、何とかしなくては――そう思ったのね。子供って、不思議に冷静なところがあると思います。

唯一甘えられる父はそばにいないし、母には遠慮があったし、住むところも食べるものも、東京の生活とは比べものにならないくらい厳しくて、つらくて。でも、そんな中で、子供なりに頑張って、世界を広げようとしていました。

まず、一生懸命勉強するようにしたのね。勉強ができればいじめられないし、一目置かれるでしょう。それから、土地の方言を覚えて話すようにした。そうやって、友だちの中に自分から入っていこうとしたんです。それはけっこううまくいって、少しずつ、私の世界はいいほうに広がっていきつつあった。ええ、覚えていますよ、あのころの気持ち。

空襲や深刻な飢えはなかったが、戦争は子供の生活にもはっきりと影を落としていた。そんな中、慣れない環境と何とか折り合いをつけ、それでいて受け身一方ではなく、一〇歳の少女は戦争という現実を生きていた。

「学問」がしたかった父

――大空襲の後、焼け野原となった東京で暮らしていた父は、家族が東京で安全に生活できる日は当分来ないと思ったのでしょう、千葉県の疎開先に土地を買って小さな家を建てたんです。終戦になる前のことです。

私たちは納屋を出て、その家に移りました。父は徴用先での仕事があるので、いっしょには住めなかったけれど、とりあえず家族の安全を確保しようとしたんだと思います。早め早めに手を打っておきたい人だったんですね、きっと。

父は家が貧しくて、学校を出てすぐに質屋に奉公に出ています。小学校の成績が良くて、先生がなんとか高等小学校*までは行かせてやれないかと頑張ってくれたらしいです。その先生のことはずいぶん印象が強かったようで、後々までよく話していました。戦後、父が八〇歳くらいのとき、いちど小学校に行っておきたいと言い出しましてね。赤坂《あかさか》小学校だったんですが、連れていったことがあります。

家が貧しかったのは、父の父が若いころに転んで足を悪くして、仕事ができなくなったからだそうで、大勢いた父の兄弟はみんな奉公に出されています。

ときどき、祖父が悪い足を引きずって、父の働く質屋に様子を見に来ることがあったんですって。父は、来ているのが分かっていても、話しかけることもできない。奉公人の身分ですからね。「父親は自分の姿を消しながら見に来ていた」って言っていました。

当時は奉公人は一年に二度、お盆とお正月しか家に帰れませんでした。父はそのときに浅草《あさくさ》で映画を観るのが唯一の楽しみだったそうです。だから、＊早川雪洲の映画の話とか、＊リリアン・ギッシュがどんなにきれいだったかとか、そんな話を小さいころによくしてくれましたね。私はまだ五歳か六歳だったと思うんですけど、自分の幸福な思い出を、娘に話したかったんだと思います。

＊高等小学校（こうとうしょうがっこう）
戦前までの初等教育制度で、何度か改正があった後、一九〇七年からは義務教育の「尋常小学校」が六年、その後の「高等小学校」が二年となった。一九四一年からは「高等小学校」は「国民学校高等科」となった。
＊早川雪洲（はやかわ・せっしゅう）
一八八九—一九七三。俳優。若くしてアメリカに渡り、ハリウッド映画で活躍した。
＊リリアン・ギッシュ Lillian Gish
一八九六—一九九三。サイレント映画時代のハリウッドを代表する女優。

本当は勉強がしたい人だったから――明治生まれの父は「勉強」とは言わず「学問」と言っていましたが――読書家で、家にはたくさん本がありました。私がまだ自分で本が読めなかったころは、『宮本武蔵《みやもとむさし》』とか、黒岩涙香《くろいわるいこう》がユゴーの『レ・ミゼラブル』を翻案した『噫無情《ああむじょう》』などを繰り返し話して聞かせてくれました。いま思うと、貧乏で学問ができなかった自分の境遇を、武蔵やジャン・バルジャンに重ねていたのかもしれません。

結局、上の学校に行く望みは叶《かな》いませんでしたが、やがて独立して自分の店を持ちました。それがかなり成功したんです。それで、弟を番頭さんにしたりして。昔の人って兄弟で協力しあいますよね。出来のよかった弟を、兄弟でお金を出しあって東大に進ませたりもしていました。

父の奉公先の近くに、有名な鰻屋《うなぎや》さんがあったそうなんです。野田岩《のだいわ》って、今もあるお店。奉公先のご主人が鰻が好きで、よくそこに買いに行かされていたんですね。もちろん自分は食べたことがなくて。

ようやく一本立ちして少しお金ができたとき、まっさきにその野田岩に行ったんですって。そうしたら、「うちはお客の顔を見てから焼くから、けっこう時間かかるよ」と言われたそうなの。父は、自分がみすぼらしい恰好《かっこう》をしてるから、追い返そうとしてるんじゃないかと思ったのね。むきになって、一時間かかってもいい、って答えたそうよ。それで、ちゃんと食べて帰ってきた、って。

戦争で失ったもの、残ったもの

——父が独立して深川に持った店は、最初の建物では間に合わなくなって隣を買ったんです。それが渡り廊下でつながってるから迷路みたいで、遊びに行くと面白くて。よくかくれんぼをしました。

でも空襲で焼けて、全部失ってしまって。うちが裕福だったころの記憶は、私にはほとんどないんです。小さかったですからね。銀座の「サヱグサ」*で洋服をあつらえていたこととか、後になって聞きましたけど。

私のいちばん古い記憶は、母が死んだ五歳のときのことなんです。その前のことで覚えているのはひとつだけで、家族で浅草に食事に行ったこと。父がタクシーを止め

*サヱグサ
一八六九（明治二）年創業の、銀座の老舗の子供服店。

て、値段の交渉をしてね。じゃあ乗ろうということになって、たたんであった子供用の席をバタンと出して。大人の座席と向かい合わせに、子供の席が出るんです。イギリスのタクシーみたいに。

大商人でもないし、知識階級でもない。そこそこという感じの商人の家でした。夏になったら海の近くに部屋を借りて遊びに行くとか、そのくらいのことは毎年できた感じですね。別荘はもちろん持てないし、軽井沢《かるいざわ》や箱根《はこね》にも行けないけれど。

そうした豊かさを、一家は戦争によって失うことになる。角野さんの父が奉公人からスタートして築き上げたものは、空襲で灰になってしまった。しかし、父がそのことで愚痴をこぼすのを聞いたことはないという。がっくりきているような様子もなかった。覚えているのは、いつも「子供は宝だ」と言っていたことだ。角野家は戦争によって一人の子供も失わずにすんだ。

父は戦後、自宅のあった小岩に質屋を再建する。しかし、かつてほどには繁盛しなかった。思うところはいろいろあったろうが、六人の子供をとにかく食べさせていくために懸命に働いてくれたと角野さんは言う。

「もう夢中だったんでしょうね。あのころの日本人は、今よりずっとたくましかったんだろうと思います」

　ひとしきり父の話をした後、角野さんが「写真、見ます？」と言った。ぜひとお願いすると、一枚の白黒写真を持ってきてくれた。鼻筋が通り、目元のはっきりした、西洋的な顔立ちの男性が写っている。

「うわあ、素敵な人ですね。かっこいい」

　編集者の女性が言うと、角野さんは、ちょっと照れたように「ね、ハンサムでしょ」と笑った。

「大正時代に青春を過ごした人だから、ハイカラで。夏はパナマ帽をかぶって、冬は三つ揃いのスーツ。戦争が始まるまでは、父くらいの商人でも、少しは贅沢《ぜいたく》ができたのね」

　角野さんの父は、九二歳で亡くなった。その年の一月に逝《い》った母を追うように、九月に息を引き取ったという。晩年まで仲のいい夫婦で、八〇歳を過ぎてからも、二人で浅草に鰻を食べに行ったり、新宿に天ぷらを食べに行ったりしていたそうだ。

「小岩の家から電車に乗って。いつも手をつないでね。いい夫婦だったと思います」

「角野栄子、歌います!」

話を昭和二〇年の夏に戻そう。千葉県の小さな村の納屋で暮らしていた母と子供たちは、父が建てた家に移り住んだ。もう戦争は末期になっていたが、村が空襲の被害を受けることはなかった。

——この家の前に、杉並木があったの。トンネルみたいになっていて、中に入るとちょっと暗いような。そこを通るのが怖くてね。私、何が怖いって、目に見えない存在がものすごく怖いんです。

でも、並木の中を通らないと学校に行けない。それで下駄《げた》を脱いで、こう両手に持ってね。全速力でばーっと走るの。並木を抜けたらさっさと下駄を履いて、また歩き出す。そこからさらに一時間くらい歩かないと学校に着かないんです。田舎の、とても寂しいところだったから。

うっそうとした杉並木があんまり怖いんで、私、よく歌を歌ってました。学校から帰ってきた後の夕方なんかに、杉並木のトンネルの入り口のところに立って。

まず「五年二組角野栄子、歌います！」って大きな声で言うわけ。そして、トンネルに向かって歌うんです。

中には入らないのよ、怖いから（笑）。杉並木にいる誰かに聞かせようとして歌っていたのね。そこにいるはずの、目に見えない怖い人に、私という人間がいることを分かってもらおうとしたんだと思うの。私は角野栄子さんですよ、ここにいるんですよ、ってね。

この話を聞いたとき、目の前にいる七五歳の角野さんの中に、一〇歳の少女の姿を見た気がした。

目に見えない存在への畏怖《いふ》と、未知のものと何とか折り合おうとする一生懸命な気持ち。そして、たとえ小さな存在であっても、自分という人間がここにいることを、世界に向かって高らかに宣言する意思。それらを抱えた女の子は、角野さんの中で、いまも生きているのだろう。それは同時に、角野さんの作品に登場する少年や少女の姿でもある。

作家としてこれまで生み出してきた作品は、勉強して書いたものではなく、心の中にひとつずつたまっていった出来事や気持ちが、あるときすっと表面に浮き上がってきて書けた気がする、と角野さんは言う。
「このごろ、つくづく思うの。思い出ってこれからを生きるためにあるんじゃないかな、って」

亡くなった母からの贈りもの

――終戦の日の玉音放送のことは、あまり記憶にないんです。うちは父が一緒に暮らしていなかったでしょう。男の人がいないと、情報ってなかなか入ってこないんですよね。母は、終戦の少し前に出産して、乳飲み子を抱えていましたし。ただでさえ疎開者って、あまり出歩かないんです。

あとで、あの日はみんな学校に召集されたんだという人がいたんですけど、私は行った覚えがないの。ただ、ラジオをみんなが聴いている場面は覚えているんです。ガーガーという雑音ばかりで、何を言ってるのかわからなかった記憶。でも泣いている人もいて、何かがおかしいって思って。

ミッちゃんの家でご飯を食べて、荷車の下から空を見たのは、ラジオを聴いた前だったのか後だったのか……。でも、その日が終戦の日だったということは確かです。

なぜなら、夜遅く、東京から姉がやって来たんですね。

「日本が負けて何が起こるか分からないから、とりあえずお前が行って、お母さんと子供たちを守るようにって、お父さんに言われた」と言って。

父は、私たちのことが心配だったのと同時に、姉を東京に置いておくのも危険だと思ったんじゃないでしょうか。突然戦争が終わって、東京はこれからきっと混乱するだろう、米軍も進駐してくるだろうし、って。

女学校の一年生だった姉は、そのとき一三歳。電車を乗り継いで、田んぼや林ばかりの暗くて寂しい道――一里半か二里（一里は約三・九キロ）あったと思います――を一人で歩いてきたんです。あの杉並木のトンネルも通って。どんなにか心細かっただろうと思います。あとになって「あんなに怖かったことはなかった」と言っていました。

とにかく、姉がやって来たことで、母と私たちは戦争が終わったことをはっきり知ったんです。

角野さんの一家は、東京の混乱を避け、終戦後も疎開先の家で暮らした。父は林を開墾し、畑を作って何とか食料を自給しようとした。しかしなかなかうまくいかず、やっと収穫したサツマイモは筋ばかりだったという。

東京に戻ることができたのは、終戦から三年がたった頃だった。父は小岩で質店を再建し、角野さんは麴町《こうじまち》にあった私立の女子中学校の二年に編入した。

のちに大学を卒業し、デザイナーの男性と結婚した角野さんは、二四歳でブラジルに移住する。当時のブラジルは、もともとは原野だったところに首都ブラジリアを建設中だった。超近代的な計画都市である。

何もないところに人工の首都を立ち上げるという、これまで人間の歴史にはなかったプロジェクトを知って、角野さんは胸がわくわくした。夫も職業柄、ぜひその街を自分の目で見たいという。海外旅行はまだまだ難しい時代だったが、移民なら行くことができる。若い夫婦は、ブラジルで暮らすことを決意した。一九五九年のことである。

「臆病《おくびょう》なくせに、大胆なのよ」

角野さんはそう言って笑う。

新しい場所に行けば、新しい運命が待っているのではないか。行動を起こせば、自分が変われるのではないか——そう思って疎開した小学校四年生の頃と変わらない自分がいた。

一万一〇〇〇トンの貨客船、チチャレンガ号に乗り、二か月かかってブラジルへ。見るもの聞くものすべてが珍しい国で、二年間暮らした。

角野さんが初めて書いた本は、ブラジルで出会った少年を主人公にしたノンフィクション『ルイジンニョ少年　ブラジルをたずねて』である。三五歳のときだった。この本の出版後、ノンフィクションではなく物語を書くようになる。

初期の代表作である『ズボン船長さんの話』は、ブラジルへ向かう二か月の船旅で出会った船長さんにヒントを得て書いたものだ。何年もの間、記憶の底にじっと沈んでいた経験が、あるとき物語となってあらわれてくる。そうやって、角野さんは作品を生み出してきた。

幼くして母を亡くし、自分の居場所がないという不安な思いから、新しい運命、新しい自分を求めてきた角野さんを待っていたのは、物語をつむぐ作家という仕事だった。お話を作ることで、心が解放されて自由になるのだと角野さんは言う。

早くに亡くなった母は、幼い娘にさびしい思いを残したが、同時に物語を作るという贈りものも残してくれた。子供の頃から現在までに経験したたくさんの感情は、物語として浮かび上がってくる日を待って、角野さんの中に、いまも眠っているに違いない。

そうしたらね、入ってきたんですよ。ジープを先頭に。
ついこの前まで、鬼畜米英と思っていたんだけど、
目の前で見ると、やっぱり輝いて見えてしまう。
――児玉　清

児玉清（こだま・きよし）

一九三四（昭和九）年、東京生まれ。俳優。学習院大学卒業後、東宝のニューフェイスとして映画界に。その後テレビ界に活動の場を移し、ドラマや司会で活躍、『パネルクイズアタック25』の司会は三六年間も続けた。芸能界随一の読書家として有名で、NHK『週刊ブックレビュー』の進行役や、朝日時代小説大賞の選考委員も務めた。二〇一一（平成二三）年五月、逝去。

疎開先で。

「僕はね、少年航空兵*になるつもりだったんです。そのために手旗信号*も一生懸命覚えたし、録音された飛行機の爆音を聞いて、機種を当てるのも得意だった。これはB25、これはグラマン*のF4F、ってね。小学校で聞かされるんですよ、レコードか何かになっているやつを。それをみんなで覚える。少年航空兵になったときに役に立つと思って、張り切ってやりました」

児玉清《こだまきよし》さんは昭和九年生まれ。終戦時は一一歳で、小学校（当時は国民学校と言った）の六年生だった。典型的な軍国少年で、早く戦地に行って戦いたいと思っていたという。

児玉さんに戦争当時のことを聞きに行ったのは、二〇一〇年九月。その前年、戦争をテーマに対談したときに聞いたエピソードに心をひかれたのがきっかけである。

児玉さんが終戦を迎えたのは、東京から集団疎開した群馬県だった。最初は四万《しま》温泉の旅館で生活し、その後、原町《はらまち》というところに移った。

終戦後まもなく、進駐軍*がやってきた。見てはいけないと言われたが、児玉少年たちは、宿舎になっていた公会堂の雨戸の隙間からそっと覗《のぞ》いた。

「あのとき、ジープというものを初めて見ました。後ろがすぱっと真四角に切れている、あの不思議な形。もう目が釘《くぎ》づけです。ピカピカしていて軽快で、子供心を何ともいえず刺激する……。心から離れないですね、いまでも」

お国のために死ぬのが当たり前と思っていた軍国少年は、初めて見る〝アメリカ〟に圧倒され、魅了されたのだった。

このときの光景を説明してくれた児玉さんの描写は、まるで目に見えるようにあざやかだった。語っている児玉さんの表情も、少年時代に戻ったかのように生き生きとしていた。

一〇歳から一一歳にかけての疎開経験は、いじめなどもあって、決して生やさしいものではなかったという。けれどもその反面、少年の心にくっきりと焼きついた、いくつもの情景があったに違いない。ジープに乗ってやってきた進駐軍の話を聞きながら、そう思った。

それほど、児玉さんの語りは魅力的であり、普段テレビで見せる顔とはまた別の顔を感じさせた。この人に改めて戦争の話を聞いてみたいと思い、インタビューの依頼をしたのである。

学習院大学でドイツ文学を専攻、大学院に進むはずが家の事情で就職しなければならなくなり、東宝映画の専属俳優に採用されたという児玉さんは、芸能界随一の読書家として知られる、知的で穏やかなイメージの俳優である。年齢より若々しく見えることもあって、「戦争」のイメージとはなかなか結びつかない。しかし、少年時代に経験した戦争が、その後の人生に大きな影響を与えたことが、話を聞くにつれてわか

＊少年航空兵（しょうねんこうくうへい）
志願によって採用された二〇歳未満の航空兵。陸軍は「少年飛行兵」、海軍は「飛行予科練習生（予科練）」といった。
＊手旗信号（てばたしんごう）
紅白一組の小旗を使って行う通信手段で、主に艦船の上などで用いられる。
＊グラマン
一九二九年に設立されたアメリカの航空機会社で、本文に出てくる「F4F」は、「ワイルドキャット」の愛称がついた艦上戦闘機。戦時中、日本人にとって「グラマン」と言えば敵の航空機の代名詞だった。
＊進駐軍（しんちゅうぐん）
一般的には他国の領土内に侵攻して一定期間そこに駐屯している軍隊のこと。ここでは「連合国最高司令官総司令部（GHQ）」、つまり米軍のことである。

ってきた。

「僕なんかの話でいいのかなあ」と言いながら、児玉さんは当時のエピソードを語ってくれた。ときには当時の歌を口ずさんだり、熱中した講談本の一部を暗唱したりしながら。

進駐軍がやって来た!

――じゃあまず、疎開先に進駐軍が来たときの話をしましょうか。

僕たちが寝泊まりしていた公会堂は、ちょうど街道に面していましてね。隣は警察署でした。ここの公会堂は、去年改装されるまで、当時のままになっていたんですよ。僕の名前が書かれた下駄《げた》箱なんかも残っていました。

その街道を通って、進駐軍が入ってきたんです。八月一五日の終戦から、そんなに日がたっていないころだったと思います。九月のはじめくらいじゃなかったでしょうか。

当時は、米軍が入ってくるから女子供は裏山に逃がせ、と言って移動させられていました。女の先生も、どこかへ避難していたと思います。僕たち六年生は、男の先生とその公会堂にいました。

好奇心でいっぱいの年ごろですから、雨戸の隙間から覗いていた。そうしたらね、入ってきたんですよ。ジープを先頭に、こう、しずしずと車列が進んできた。

ジープには、鉄兜《てつかぶと》をかぶった黒人兵が、*カービン銃を持って乗っていました。軍服には馬のマークのワッペンがついていた。騎兵団だったんでしょう。その後に、トラックが続いていました。

ジープを見たのも、黒人を見たのも、もちろん初めてです。ジープのあの形に、まずびっくりしました。あんな形をした自動車って、それまで見たことがなかったですから。すごく軽快な感じがするんです。色は緑色でね。ピカピカ輝いて見えました。

黒人兵にも目を見張りました。僕たちの町にやってきたのは、ほとんどが黒人兵だったんです。こんな真っ黒な人がこの世にいるのかって、びっくりしました。みんな銃を持っているんだけど、手のひらが黄色っぽい色なんですね。ああ、手のひらは黒くないんだって、それにも驚いたりして。

*カービン銃（カービンじゅう）
もともとは騎兵銃のこと。銃身が短く、射程も短い、オートマチックの小火器。

軍国少年で、ついこの前まで鬼畜米英と思っていたんだけど、目の前で見ると、やっぱり圧倒的なわけです。輝いて見えてしまう。

きっとみんなそうだったんでしょう。その後、ジープの歌が流行《はや》ったりしました。「胸もすくよなハンドルさばき　ジープは走る　ジープは走る」というような歌詞でね。子供も大人も口ずさみました。ジープって、占領軍の象徴だったんですね。


ジープの歌の一節を、児玉さんは歌って聞かせてくれた。後で調べてみると、この歌は昭和二一年四月に発売された歌謡曲『ジープは走る』で、鈴村一郎《すずむらいちろう》という歌手が歌ってヒットしたことがわかった。

同時期にもう一曲、ジープを歌った歌謡曲がある。岡晴夫《おかはるお》が歌った『ニュー・トオキョー・ソング』で、「向う通るはジープじゃないか　見ても軽そなハンドルさばき」という歌い出しである。

ジープに新鮮な衝撃を受けたのは、児玉少年だけではなかった。当時の人々にとって、ジープとは「胸もすくよな」「見ても軽そな」存在であり、終戦直後の日本人を魅了したのである。

玉音放送と塩あんのおはぎ

――昭和二〇年八月一五日の午前中は、吾妻川《あがつま》の河原で遊んでいました。その朝、今日のお昼はおはぎが出ると、僕たちの世話をしてくれていた寮母さんたちから聞いていましてね。それを楽しみにしていた。砂糖はないから、塩あんのおはぎなんですけど、糯米《もちごめ》を食べることなんか、当時、まったくといっていいほどありませんでしたから。その日はお盆だったので、特別だったんでしょう。

そうしたらお昼前に、河原に寮母さんたちが駆け込んできて「大変な放送があるから、いますぐラジオを聴きに来なさい」と言う。

われわれが寝泊まりしていた公会堂の隣の警察署にラジオがあって、そこに走っていったら、大勢の大人たちが集まっていました。正午になって玉音放送が始まったけれど、子供には意味がわからない。大人たちの様子を見て、負けたということがわかったわけです。先生は号泣するし、地べたに膝《ひざ》をついてうなだれている人もいる。われわれも茫然《ぼうぜん》となりました。これからどうなるんだろうという不安な気持ちでしたね。泣きながら頬張った塩あんのおはぎの味とともに、あの日のことは忘れられません。

でも、それから後のことは、なぜか記憶にないんです。急に世の中がシーンとなってしまったような感じというか……。自分たちがどうやって過ごしていたのか、まったく覚えていません。

その次の記憶は、進駐軍がジープを先頭に町に入ってきた、あの光景です。もう九月になっていましたから、半月間以上記憶が飛んでしまっていることになる。思いもかけなかった敗戦という事態に、虚脱状態のようになっていたのかもしれません。

戦争に負けるとは、僕たちはまったく思っていませんでした。絶対に勝つと思っていた。でも、思い返せば「この戦争は負けるぞ」と言っていた先生もいたんです。いっしょに疎開してきていた、田辺《たなべ》先生という人です。

われわれがそんなはずはないと反発すると、「あの空を見てみろ」って言う。当時、東京を空襲しに来た飛行機が、疎開先の群馬県の上空を通ることがよくありました。最初のころは、それを日本軍の飛行機が迎撃*していたんです。米軍機に果敢に立ち向かっていた。煙を引きながら落ちていくB29を見たこともあります。

ところがある時期から、日本の飛行機が全然飛ばなくなってしまった。たまにちらっと飛んでも、まるっきり蚊みたいなんです。大きな米軍の飛行機のまわりを、ぶんぶん飛んでいるだけ。田辺先生は、そのことを指摘したんですね。あれを見ただけでも、勝つ要素はないじゃないか、負けるのは時間の問題だと言っていました。そういう先生もいたんです。

その先生に対して僕たちはどう思ったかというと、なんて女々《めめ》しいんだと思っていました。非国民*だと反発したんです。この田辺先生は、戦争が終わったとき、茫然としている僕たちに言いました。

「これからは、君たちが自分の夢を追うことのできる時代が来るよ」

そのときは、何を言ってるんだと思いました。でも、時間がたつにつれて、このときの言葉が身にしみてきました。だんだんわかってくるんですね。

当時のことを客観的に振り返ることのできる年齢になると、田辺先生が、ああした戦時中の状況の中で、客観的にものを見る目を失わなかったことが、すごいことだとわかるようになってきました。大学生になったころから、当時、いっしょに疎開して

＊迎撃（げいげき）
むかってくる敵を迎え撃つこと。特に戦闘機の場合に使うことが多い。
＊非国民（ひこくみん）
国策に沿わない言動をする人に対し、その国の国民としての意識が薄い者として非難する言葉。

いた仲間が集まるようになったんですが、そのときには必ず田辺先生を呼んで、よく四万温泉にごいっしょしました。

疎開していたとき、体育会系というか、「行け、行け！」みたいな威勢のいい先生もいたんです。日本は神の国なんだから負けるわけがない、といつも言っていた先生が。そのときは、頼りになるし、撥剌《はつらつ》としていて、いい先生だと思っていました。田辺先生の言うことは、後ろ向きというか、敗北主義だと思ったんですね。田辺先生の冷静さと見識に気がついたのは、自分がもう少し大人になってからのことです。

お国のために僕の家は焼けた

当時の小学生、中学生は、多かれ少なかれ軍国少年だった。徹底した軍国主義教育を受け、神国である日本は必ず勝つと信じていた。

児玉さんには忘れられない日付がある。昭和二〇年四月一三日。東京に空襲があり、田端《たばた》にあった自宅が焼けたのだ。

——その前日の四月一二日、アメリカのルーズベルト大統領が亡くなった。われわれは万歳したわけです。敵国の指導者が死んだってことでね。「ルーズベルトのベルトが切れて、チャーチルチルチル国が散る」なんて歌があったくらいですから。

翌一三日に空襲があって、両親と姉たちが住んでいた田端の自宅が全焼した。そのことを、田辺先生に告げられたんです。

焼けたのは僕の家だけではなかった。どこどこの家が焼けた、という連絡が疎開地に来て、先生はすごく厳粛な顔をして、それをみんなに伝えました。「実は大変悲しいニュースがある。東京に空襲があって、君たちの中に家が焼けてしまった人がいる」って。

みんな口々に「僕の家は焼けたんでしょうか」って聞く。「残念ながら焼けてしまった」と先生が言うと、その子たちは万歳万歳の大合唱なんです。僕もそうでした。お国のために役に立ったんだと、誇らしいような気がしてね。

ほとんどの家が被害にあったんですが、田端駅の近くに鉄道官舎があって、そこは焼け残りました。その官舎の子が二人いて、その子たちはしゅんとしているわけ。「ほんとに焼け残っちゃったんでしょうか」って。一方、家をなくした僕たちは、「焼けた、焼けた」って、踊るように万歳をして。変ですよねえ、いま思えば。

大人になってから、いっしょに疎開した連中と集まって、あれは何だったんだろうという話になったことがあります。たぶん、初めて直接的に戦争にかかわったことへの興奮みたいなものがあったんでしょう。
ほとんどの家が焼けたから、一体感みたいなものもあったかもしれません。焼けなかった家の子は、その一体感に取り残されたというか、乗り遅れたというか、そんな気持ちだったんでしょうね。現在ではなかなかわからない感覚だと思います。

当時、東京の自宅には、両親と二人の姉が住んでいた。バーンという音とともに焼*夷弾が降ってきて、家のまわりが燃え出し、家族はそれぞればらばらに逃げた。さいわい全員が無事だったが、家は全焼してしまった。

——すぐ上の、二歳違いの姉は、焼夷弾が落ちた近所の商店街にバケツを持って駆けつけて、火を消そうとしたらしいです。
当時の日本人は、爆弾が落ちたら消すようにという教育を受けていたんですね。初期消火に努めて延焼を防ぐよう、訓練されていた。「最初一秒濡《ぬ》れむしろ、かけてかぶせて砂で消す」なんていう歌を僕も歌った覚えがあります。まず水で濡らしたむしろをかぶせ、そのあと砂をかけて消せというわけです。それを姉は律儀《りちぎ》に守ろうとしたんですね。

ところが、駆けつけた現場には誰もいなかった。消防団の人が来て「逃げろ」と言うので、バケツを抱えたまま、急いで逃げたそうです。

手水鉢と洗濯物を持って逃げる

――焼夷弾というのは、束になって落ちてきたのがばらばらに分かれて、その一つ一つの中から高温の油脂が四方八方に飛び散っていろいろなものに付着し、火災を起こすように作られています。

疎開先で、不発だった焼夷弾を使って、みんなで実験してみたことがあります。スキー場の真ん中で、先生が分解してみせたんです。

そうしたら、ずるずるした油性のものが出てきた。これが飛び散ってくっつくと、建物も人間も、あっという間に燃えてしまう。実に非人道的な兵器なんです。水をか

＊焼夷弾（しょういだん）
中に高熱を発する薬剤などを入れた爆弾で、相手の陣地、建物を焼き払うことを目的とする。

けても消えないし、どかーんと来たら、むしろや砂なんか何の役にも立たない。

当時、火叩《たた》きというのがありましてね。竹竿《たけざお》の先に縄の束がついていて、それで叩いて火を消すための道具です。でも、それで焼夷弾の火を消すなんて、どだい無理な話でした。それでも、僕も東京にいたときは、バケツリレーの訓練をずいぶんやらされたし、家の前には必ず、防火用水と砂を入れたバケツを置くようにしていました。

上の姉と母は、いっしょに逃げたらしいです。何か持って逃げようと思ったけれど、そんな暇はなくて、気がついたら、母が手水鉢《ちょうずばち》を持っていたそうです。昔トイレから出たところにあった、押すと水が出てくるあれです。なんでそんなものをと思いますけど、水に関係のあるものということで、とっさに持ち出したんでしょう。

父親は技術系のサラリーマンでした。僕は末っ子だったので、当時もう五〇歳くらいで、召集されずに東京にいたんですね。この父は、なぜか洗濯物を持って逃げた。

家の裏に防空壕《ごう》が掘ってあって、いざというときは、そこに大事なものを入れて、上から土をかけて逃げようということになっていたんです。でもそんな余裕はなくて、手近にあったもの――洗濯物を掴《つか》んで、そのまま走ったらしいです。その洗濯物を水に浸して火の粉をよけるとか、途中で拾ったブリキの板を頭にかざすとかしながら、とにかく逃げた。

母は手水鉢、父は洗濯物ということで、あとであまりのばかばかしさに笑ったそうです。翌日になって、焼けてしまった家の跡で再会して、全員が無事だったことがわかったそうなんですが、翌五月の空襲で、その焼け跡に建てて雨露をしのいでいたバラックがまた焼けてしまった。そのときは何も持たず、家族全員がいっしょに逃げたそうです。

児玉さんが疎開したのは、昭和一九年の八月、滝野川《たきのがわ》第一小学校の五年生のときである。当時、都会から地方へと集団疎開した子供はたくさんいたが、児玉さんたちの疎開体験が少し変わっているのは、一〇〇〇人もの人数が、まとまって疎開したことだ。

滝野川第一小学校から第八小学校までの疎開児童が四万温泉に行った。もともと小さな村なので、地元の子供たちより、疎開児童の方が人数が多くなってしまったという。

四万温泉では、田村旅館という、現在もある大きな旅館で暮らした。辛《つら》かったのはやはり食糧難で、いつもお腹を空《す》かせていた。

ごちそうは盗んだサツマイモ

いまも思い出す疎開中の食べ物といえば、ジャガイモだという。昼間食べられるものは、茹《ゆ》でた小さなジャガイモがふたつだけという生活だった。その食べ方を、児玉さんが伝授してくれた。

皮をむいてまず皮を食べ、中身は茶わんに入れる。そこに塩をかけ、スプーンでこねる。長い間こねていると、どろどろの飴《あめ》状になる。そこにまた塩を足してこね、少しずつ舐《な》める。「ジャガイモが飴みたいになるんですか」と思わず訊《き》くと、児玉さんは笑って言った。

「なりますよ。今度、なさってみてください。僕も、いまでも時々やってみることがあるんですよ」

戦時中にさんざん食べさせられたものは、もう見たくもないという人が多いが、児玉さんはいまもジャガイモが大好きで、よく食べるのだという。

とにかく、当時の児玉さんたちは、そうやってどろどろのジャガイモを舐めながら、夕ご飯までお腹をもたせていた。

――夕ご飯といっても、これがまたささやかなものなんです。あんまりお腹が空くから、歯磨き粉を食べたこともあります。たぶん、胃によくなかったと思うんだけど。胃によくないといえば、仲間にカレー粉の専門店の息子がいてね。カレー粉をそのまま食べて、お腹を壊したりもしました。

ごちそうといえば、生のサツマイモでした。サイコロ状に切って乾燥させたサツマイモが、貯蔵庫にありましてね。それをみんなで盗みに行くんです。肥後守《ひごのかみ》というナイフを当時の子はみんな持っていたんですが、それで俵《たわら》を切ってね。バサッ、チューッという具合に。そして、これもまたみんなが一つずつ持っている缶カラに入れて持って帰るんです。

四万温泉は冬は寒いので旅館には大きなコタツがいくつもあったんですが、そのコタツの中に、外から見えないように潜り込んで、コタツの炭で缶カラに入れたサツマイモを焼く。よく窒息しなかったと思います（笑）。それが最高のご馳走《ちそう》でしたね。

当時、子供たちが親に書く手紙といえば、「お父さん、お母さん、お元気ですか。饅頭《まんじゅう》、煎餅《せんべい》を送ってください」「砂糖を送ってください」なんていうのばっかりでした。「あったら送ってください。さようなら」ってね。親は、もちろん全部は調達できないんだけれども、なんとか工面して、いくつかは送ってくれるんです。

でも、われわれのところには届かない。先生のところで止まっちゃうんです。建前としては、送ってきた子だけにあげるとほかの子が可哀想だから、全員に分けるために取ってあるということなんですが、まあ、食べていたと思いますね、先生たちが。僕たちにしてみれば、親から、何々を送ったという手紙が来ているのに、ちっとも届かない。で、先生の部屋に行って勝手に持ってくるんです。

先生がいないと分かっているときに、入り口のところで「五年何組、児玉入ります！」って言ってね。届いている食べ物をばーっと持ち出して、「帰ります！」と言って出てくる。そんなことをやっていました。

「次は君らだ分かったか」

疎開先では、まともな授業はほとんど行われなかった。午前中には一応、授業が組まれていたが、実際には軍歌を歌うばかりだったという。毎朝、登校すると、先生がオルガンを弾いて新しい軍歌を教えてくれた。

当時は新しい軍歌が次々に作られていた。『暁に祈る』『加藤隼《はやぶさ》戦闘隊』『空の神兵』などの誰もが知っている軍歌のほかに、戦意高揚のための歌が量産されていたのだ。そのため、実際に戦場で戦っている人たちがまったく知らない軍歌を、銃後*の子供たちが熱心に歌っている、という不思議な事態になった。

「戦時中に僕たちが感激しながら歌った軍歌を、戦地から帰ってきた人たちに聞かせたら、そんな歌は知らないという。その人たちが出征してから作られた、新しい軍歌なんですね。僕たちはそういうのを何十曲も覚えて、毎日歌っていたんです」

説明しながら、児玉さんは、当時歌ったといういくつかの軍歌を口ずさんだ。

「ぐっと握った操縦桿《そうじゅうかん》／万里の怒濤《どとう》なんのその　／ゆくぞロンドン　ワシントン……」

（『索敵行』）

「藍《あい》より蒼《あお》き大空に大空に　／　たちまち開く百千の　／真白き薔薇《ばら》の花模様……」

（『空の神兵』）

遠慮がちな小さい声。けれども、その表情は、なつかしさにあふれていた。

＊銃後（じゅうご）
直接の戦場ではない後方。あるいはその地点にいて、何らかの形で戦争に協力している一般国民のこと。

――とにかく軍歌を歌って育ちましたからね。僕たちが、軍歌を一番知ってる世代なんじゃないかなあ。戦争には行っていないのにね。

いまでも当時のクラスメートたちと集まると、結局、歌う歌は軍歌なんです。軍国主義とかいうんじゃもちろんない。じゃあ一体何かというと、みんなが「あのころはそういう時代だったなあ」と確認しあってるんでしょうね。

こんな歌もあったなあ。

「今日増産の帰り道／皆で摘んだ花束を／英霊室に供えたら／次は君らだ分かったか／しっかりやれよ、頼んだと／胸に響いた神の声」

これは軍歌じゃなくて、当時の子供たちが歌っていた歌です。僕たちも毎日のように、みんなで歌っていました。同級生の女の子で、音羽《おとわ》ゆりかご会っていう児童合唱団に入っていた子がいて、その子がとりわけきれいな声で歌っていたのが印象的でした。

この歌のタイトルは『勝ちぬく僕等少国民』という。歌詞の最初にある「増産」とは、食糧を増やすために、子供を含む一般市民が駆り出された農作業や勤労奉仕のことだ。英霊室とは、戦死した将兵の霊をまつってある部屋をいう。

「次は君らだ、という歌詞はすごいですね」と言うと、児玉さんは、「そうですね、いま思うと」と言ってからこう続けた。

「でも当時はわれわれも、戦って死ぬのが当たり前だと思っていましたから。僕はとにかく少年航空兵になると決めていた。戦争がもう少し長引いたら、少年航空兵の学校に進んでいたでしょう」

軍国少年は辛いと言えない

実は児玉さんは、疎開先で陰湿ないじめにあっている。

都会から疎開してきた子供が地元の子供にいじめられた話はよく聞くが、児玉さんたちの学校は、大人数でまとまって疎開したため、そうしたことはなかった。そのかわり、疎開児童たちの間には大人顔負けの派閥が生まれ、嫌がらせやいじめが横行した。

児玉さんは、ある日突然、いじめの標的にされたのだ。

――Nくんという、身体の大きな子がいましてね。自分が疎開先でボスとして君臨するために、ボスになる可能性があるような、相撲が強くて友だちの多いやつを何人か、血祭りにあげようとした。その中に僕もいたというわけです。

数人が次々に標的にされて、これ以上いじめられたくなければ自分の奴隷になれ、と迫られた。ちょっとここでは言えないようなことをさせて、自分に忠誠を誓わせるんです。こちらが親しい友だちと結託できないように、巧妙に分断してね。そのやり方が、残酷というか狡知《こうち》にたけているというか……。

僕は最後までNくんの軍門に降《くだ》らなかったものだから、あらゆる嫌がらせを受けました。家族と離れて、子供だけの世界で生きているわけですから、いじめはすなわち死活問題です。下手をすると、よってたかって食べ物を奪われてしまいますからね。

朝昼晩と、食事を取りに行くときは、もう決死の覚悟です。いざとなったら一戦交えるぞ、戦う覚悟があるんだぞという姿勢を常に見せていないといけない。

こぜりあいみたいなことが何度かあって、そのたびに一歩も引かない態度を取っていたら、そのうち奴隷にすることはあきらめたようでした。そのかわり、今度は徹底して仲間はずれにするわけです。家を離れて生活している小学生ですから、これは辛い。

何があっても、ただの一人も、僕に声をかけてくれないんです。孤独でしたね。誰も助けてくれない。向こうは大人たちの前ではいい子を装っているし、Nくんの親は父兄の中でも有力者で、疎開先の寮母さんの中にも親戚《しんせき》がいたりした。先生の受けもいい。四面楚歌《そか》です。

そのとき、もし親に正直に訴えたら、たぶん、縁故疎開先を探してくれたと思うんです。でも、親にはひとことも言わなかった。なぜかというと、非常時にそんなわがままを言ってはいけないと思っていたんですね。お国のために少国民*として戦っているんですから。

国が戦争をしていて、兵隊さんたちは戦地で命を賭《か》けて戦っている。そんなときに弱音を吐くのは間違っていると、かたく信じていたんです。そんなことでは少年航空兵にはなれないと、本気で思っていました。

親が疎開先に面会に来たことがあって、母親の顔を見た瞬間、ばらばらと涙をこぼしてしまいました。「どうしたの⁉」と言われて、よっぽどそこで言ってしまおうかと思ったんですが、言えなかった。軍国少年としては、辛いとは言えないんです。先

＊少国民（しょうこくみん）
年少の国民のこと。おもに現在の小学生にあたる年齢の子供を、戦時中こう呼んだ。

生にも言いませんでした。

戦後になって、あれはなんだったのと母に聞かれて、実はいじめられていたと言ったら、母は泣きましたね。

演じることで孤独と戦った

逃げ場のない状況で、過酷ないじめにあった児玉さんは、ひとりぼっちでどう過ごしていたのか。

「実はね、一人芝居みたいなことをしていたんです」

大人のいない山の奥へ行って、手旗信号をする。本などから暗記していた語句を、大声で叫ぶ——最初はそんなことをしていたという。当時の児玉さんは講談本をよく読んでいて、特に剣豪ものが好きだった。それらの本の覚えている部分を、大きな声で暗唱した。

「講談はもともと語り物だから、物語が練りに練られていて、言葉にリズムがある。声に出すと気持ちがいいんです。あと、世の中にはいろいろな人間がいて、困難もたくさんあるということもわかる。それはずいぶん救いになりました」

やりきれない思いを、そうやって一人で発散していた児玉さんは、次第に、ある状況の中にいる自分を想定し、そのときどうするかを考え、自分で台詞《せりふ》を作ってしゃべるようになった。それと自覚しないままに、「演じる」ことをするようになったのだ。

――たとえば、「いま自分は沈みかかった船に乗っている」などという設定をするんです。そうして、どうやって急場をしのいで生きのびるかを考える。まず救命を求めるサインを手旗信号で送り、それから脱出する、とかね。そんなふうにして、なにか芝居みたいなことを一人でやるようになっていったわけです。

物語の中に身を置くことで、現実の辛さを耐えられるみたいなことってあるでしょう。当時は子供ですから、理屈ではそんなことは分からないんだけれども、知らず知らずのうちに、それをやっていたんでしょうね。正常に心を保つための知恵みたいなものだったんだと思います。子供には、誰に教えられなくても、そういう知恵が備わっているのかもしれません。自分で自分を助ける力というか。

もうひとつ、物語の中では、どんな苦しい状況も、やがては終わるでしょう。それは救いになりましたね。僕もとても辛かったけれども、これは永遠に続くものではない、一時的なものなんだと思うことで、何とか我慢ができたんだと思います。

誰も見ていないところで一人芝居をやり、人生で初めて「演じる」ことをした。それによって自分自身を孤独から救い出した。そうした一一歳のときの経験は、のちに俳優となったことに関係があるのだろうか。

——いやあ、もともと僕は役者を目指していたのではなくて、大学院に進んで学者になりたいと思っていましたからねえ。だから俳優になったことには関係があったかどうか。あまりないんじゃないでしょうか。

でも、いまの自分の性格には、ずいぶん影響しているように思います。僕はどんなことにものめり込めない質《たち》というか、こう、へっぴり腰のところがあるんですね。自分自身のことも客観視してしまう。

それはやはり、疎開でいじめにあったことと関係があると思うんです。山の上かなにかで、一人で物語を作って演じるということも、結局は自分を客観視していることでしょう。いま自分のいる境遇とまったく違う世界に身を置くということを、意図的にやるわけですから。

あと、物語を読んだり作ったりというのは、世の中にはいろいろな人間がいて、それぞれに事情があって、他人からはうかがい知れない内面というのがあって……ということを知ることでもある。そういうことをやっていると、一歩引いた視点をもつ人間になりますよね。いまもそうですけれど、僕は、他人に対して真剣に怒れないところがあるんですよ。それはあまりいいことではない気がするんですが。

いまでも僕は、これが自分、というものがなくて、どこまでいっても自分が自分じゃないような感じがある。それはやっぱり、戦争中の経験がもたらしたものなんじゃないでしょうか。


戦場を経験していない子供たちにとっても、戦争は戦いだったのだろう。本能と知恵を総動員して、子供たちはそれぞれの戦争を生きのびた。児玉さんもその一人だった。

その経験は、結果的にはプラスに働いたといっていいのではないだろうか。若いころ、映画の世界では大部屋の下積みが長かったという児玉さんだが、七〇代の後半になっても、テレビや活字の世界で自分の場を持ち続けることのできた俳優は、数えるほどしかいない。俳優として、司会者として、そして書評家やエッセイストとしての資質のある部分は、疎開で味わった「孤独」によって作られたものなのかもしれない。

児玉さんは、このインタビューの八か月後、七七歳で急逝された。

圧倒的なさびしさと理不尽に耐え、山の上で一人叫んだ少年は、児玉さんの中に、おそらく最後まで住んでいたのではないだろうか。

僕は、いい時代に育ったと思っているんです。
敗戦直後の、ものすごく自由で解放された雰囲気。
誰もが貧しかったけれど、活気があった。
——舘野　泉

舘野泉（たての・いずみ）

一九三六（昭和一一）年、東京生まれ。父はチェリスト、母はピアニストの音楽一家に生まれた。東京芸大を卒業後、ピアニストとしてデビュー。一九六四年からフィンランドのヘルシンキに移り、国際的な音楽家として活躍する。二〇〇二（平成一四）年、演奏中に脳溢血で倒れ、約二年のリハビリをへて復帰。現在、左手だけのピアノ曲を数多く演奏し、感動を呼んでいる。

小学校五年生のとき。父と。

自由が丘駅で急行電車を降りて、にぎやかな商店街の中を七、八分も歩いたろうか。いま乗ってきた東横線《とうよこ》の踏切を渡ると、風景が急に変わって、どことなく昭和の面影を残す住宅街が広がった。さっきまで淡かった晩夏の夕闇が、急に濃くなったような感じがする。

東京都目黒区緑が丘。住宅街の中にある一軒家が、ピアニスト・舘野泉《たてのいずみ》さんが生まれ育った家である。

「このあたりは空襲で焼けなかったんです。そこの通りの先までは焼けたんですよ。それから線路の向こう側の自由が丘のほうも焼けた。でもここだけは焼け残りました。この家は、僕が生まれる一年前に建ったから、築七五年くらいですね。さすがにこんなに古い家は、もうこのあたりにもありませんが」

舘野さんの両親は、かつてこの家で音楽教室を開いていた。いつもさまざまな音が鳴っている家で、父が若いころは音楽仲間や演劇青年が出入りし、無名時代の宇野重吉*さんがここで芝居の稽古《けいこ》をしたこともあるという。

グランドピアノと大きな本棚があるリビングルームで話を聞いた。住まいのあるフィンランドから前日戻り、そのままほぼ徹夜で原稿を書いていたという。そのタフさに驚かされるが、目の前にいる舘野さんのたたずまいはゆったりと穏やかで、歳月をへた家のもつ奥行きのある静けさにしっくりとなじんでいた。

舘野さんは昭和一一年、チェリストの父とピアニストの母の間に生まれた。東京芸術大学音楽学部ピアノ科に在学中から注目され、若くして演奏家として頭角を現したが、音楽界の古い伝統や権威を嫌い、文学を通して憧《あこが》れていた北欧で生活することを選んだ。

一年の半分以上は世界各地でコンサートを行い、旅に暮らす日々である。大学を卒業してプロの演奏家としてスタートした一九六〇年から、もう五〇年間も、そうやって旅の中に生きてきた。お疲れになりませんかと尋ねると、「いえ、演奏家にとっては音楽のあるところが自分の家なんです」という答えが返ってきた。

日本でのコンサートももちろん多い。インタビューをした二〇一〇年には、日本各地でデビュー五〇周年を記念したリサイタルを行った。

ピアノも受難の時代だった

舘野さんが正式にピアノの勉強を始めたのは、五歳の五月五日だったという。ちょうど太平洋戦争が始まった年である。緑が丘国民学校に入学したのは昭和一八年。戦争が激しくなっていく中、音楽を職業とする一家はどのような暮らしをしていたのだろうか。

舘野さんの両親は、若いころは演奏家として活動していた。舘野さんが生まれた日、父はシラーの音楽劇『群盗』のチェロを弾くために出かけていたという。生まれて初めての旅は、まだ一歳になる前、両親の演奏旅行先の北海道である。函館《はこだて》の埠頭《ふとう》で撮った写真が残っているそうだ。

その後、父は双葉音楽研究所という音楽教室を自宅で開き、ピアノやチェロを教え

*宇野重吉（うの・じゅうきち）
一九一四－一九八八。俳優。戦後、劇団民芸を創設し、新劇界の中心人物として活躍。映画やテレビにも数多く出演した。

るようになった。緑が丘の家で、両親や生徒、弟妹たちの奏でる楽器の音色に囲まれて舘野さんは育った。音楽の道に進むのは、ごく自然なことだったという。

以前読んだ舘野さんの文章の中に、戦時中の東京では、ピアノを弾いていると家に泥を投げ込まれることがあったという一節があった。芸術家が最も生き難かった時代に音楽の道に足を踏み入れた少年の目に映った戦争とは、どんなものだったのだろう。

——戦時中に国民学校の一年生になったわけですが、入学式の日、学校から帰ってきて母に、「僕の学校では『君が代』がデスから始まるんだよ」と不思議そうに言ったそうです。

デスというのはレのフラットで、本来『君が代』はレの音から始まるのですが、学校のピアノのピッチが半音下がっていたんですね。僕には絶対音感があったので、半音低いことには気がついたんですが、ピアノが狂っているとは思わなかったようです。当時の軍部が知ったら、国歌を半音下げるなんて不謹慎だと怒ったでしょうか。

このピアノは、学校の二階の音楽室にあったんですが、終戦直後に盗まれそうになったことがありました。夜中に男が二人がかりで持ち出したんですが、ちょうど雪の降った夜で、校庭にリヤカーの跡が残っていたそうです。それをたどっていったら、近所の防空壕《ごう》の中に隠してあった。ピアノは無事戻り、犯人は捕まりました。ピアノも受難の時代だったんですね。

受難と言えば、僕の弾いていたピアノが、焼夷弾《しょういだん》で焼けてしまったことがあります。

裸足で通った分校

――昭和二〇年の春、東京の空襲が激しくなって、父が緑が丘の家にいては危ないと言って、母と子供たちを世田谷《せたがや》区の上野毛《かみのげ》に移したんです。

上野毛に大東《だいとう》学園という学校がありましてね。現在の大東学園高校ですが、当時は高等女学校でした。そこの創設者の守屋東《もりやあずま》さんという方を父が知っていまして、その紹介で、大東学園の下のところにあった家に間借りをさせてもらえることになったんです。

その家が、焼夷弾の直撃を受けて全焼してしまった。全員、防空壕に避難していて無事でしたが。

父は緑が丘の家に残って暮らしていたんですが、その日は上野毛に来ていて、いっしょに防空壕に入っていました。防空壕から上を見た父が「ああ、危ない」と言ったとたんにやられました。家は防空壕から数メートルしか離れていませんでしたから、防空壕から飛び出して逃げました。

　その空襲で、家にあったアップライトのピアノが焼けてしまったんです。焼け跡に鉄骨だけになったピアノがぽつんとありましてね。それを見てもそれほど悲しくはありませんでしたが、好きな本が焼けてしまったのが残念でたまりませんでした。そのころ夢中になって読んでいた『西遊記』と『風の又三郎』が、二冊とも灰になってしまった。あれは悔しかったですね。

　僕は小さいころから本が好きで、周囲のことを忘れて物語の世界に没頭してしまうことがよくあったようです。そうなると、声をかけられても耳に入ってこない。本だけではなくて、何かに集中すると、別の世界に行ってしまうんですね。母が先生に呼び出されて、耳の検査をしたほうがいいのではないかと言われたことがあったそうです。

　習字の時間には必ず字が紙からはみ出してしまうし、この子はいったいどういう子なんだろうと、担任の先生は心配したらしいです。ちょっと枠からはずれた子供だったんでしょう。でも両親はそれでいいと思っていたようです。

間借りしていた上野毛の家を焼け出された後、舘野さんと母、弟、妹の四人は、親《しん》戚《せき》を頼って栃木県の間中《まなか》に疎開する。現在の小山《おやま》市である。

昭和二〇年三月の東京大空襲の後、それまで東京に残っていた子供の多くが、縁故疎開あるいは学童疎開で地方へ移った。女性も疎開する人が多かった。音楽教室の生徒たちもほとんどが地方に疎開し、ごく少なくなっていたが、舘野さんの父は東京に残っていた。

舘野家の母子四人は、終戦まで間中で暮らすことになる。養蚕*のさかんな地方で、いとこと弟妹を含め七人が、蚕《かいこ》が飼われていた部屋に住まわせてもらった。夜中になるとゴソゴソと蚕が動く音が聞こえたという。

舘野さんは地元の国民学校の三年生に編入した。低学年と高学年の二クラスしかない小さな分校だった。

——疎開先の暮らしは楽しいものでした。いじめられたりもしませんでしたね。間

*養蚕（ようさん）
繭をとるための蚕を飼うこと。

中の子供たちは、下駄《げた》もわらじも履いていなくて、みんな裸足《はだし》。最初、僕は下駄を履いていたので、「あー、東京の子は下駄はいてら」なんて言われたりして。すぐに僕も裸足の生活になじみました。

友だちもできました。近くの思川《おもいがわ》というきれいな川のほとりで遊んで、面白かったなあ。東京の小学校は男女別クラスでしたけど、ここではいっしょです。なにしろ一学年に男女あわせて八人くらいしかいないんですから。それもよかったですね。

美智子皇后とお会いしたことがあるんですが、そのときに疎開の話になりましてね。戦時中の疎開の経験は、とても大事な思い出になっているとおっしゃっていました。実際には短い期間だったんだけれども、何年もいたような気がする、と。

僕もまったく同じなんです。三か月か四か月しかいなかったのに、記憶の中では、何年も過ごしたような感じがある。

自然があって、友だちがいて。ええ、ピアノはありませんでした。でも、そんなことは何でもありませんでしたね。ピアノも好きでしたけど、遊ぶことも大好きでしたから。野山を駆け回ったり、相撲を取ったりして、とても充実した時間を過ごしていました。

終戦直後の自由な空気

――八月一五日の放送は、桑畑の中で聞いた記憶があります。そのときどんな気持ちがしたかは覚えていません。ただ戦争が終わったということはわかりました。

それから二週間くらいたったころだと思いますが、父が東京から迎えに来たんです。「東京へ帰ったらピアノの練習をしないといけないよ」と言われて、「うん」って答えたのを覚えています。

間中での暮らしは楽しかったけれど、東京に帰れるのは、やっぱりうれしかったですね。ピアノが弾けるということよりも、また父といっしょに暮らせるということがうれしかった。僕は父が大好きでしたから。当時から、父子というよりも仲のいい友だちのような関係でした。


疎開していた数か月は、自分の人生の中で計り知れないほどの重みを持っていると舘野さんは言う。それは「肯定的な重み」なのだという。

戦時中のことを語る舘野さんの言葉から暗さは感じられない。ちょうどものごころがつく時期である五歳のときに太平洋戦争が始まり、九歳で終戦を迎えた舘野さんだが、戦争によって心に傷を受けたことはなかったのだろうか。

──僕の場合はないと思います。上野毛の家が直撃弾でやられたときも、怖いとか不安だとか、そんな気持ちにはならなかった。疎開先の間中にいたときには、低空でグラマンがばーっと通り過ぎることがあったりもしたんです。それを見ても「うわーすげえなあ」って思うだけで、恐怖感はなかった。子供だったんですね。

軍国主義教育を受けた記憶も、あまりないんです。学校の校庭に、天皇陛下の写真が収めてある奉安殿《ほうあんでん》というものがあって、その前でお辞儀をしたりはしましたけれど。あと、頭は坊主に刈らなくてはいけないとかいうことはありましたが、まあそのくらいで、辛《つら》いということは特になかった。もう少し年齢が上の人たちだと、また違うのでしょうが。

家に泥を投げ込まれたことですか？　まあ一回か二回くらいのことですね。この非常時に西洋音楽なんかやって、ということだったんだと思います。でも近所の人たちはみんな親切にしてくれていたし、子供同士も仲良くしていましたね。

僕は、いい時代に育ったと思っているんです。いまでも鮮烈に覚えているのは、敗戦直後の、ものすごく自由で解放された雰囲気です。

誰もが貧しかったけれど、これから新しい世の中を作っていくんだという活気があった。そんな中で本格的な音楽の勉強をスタートできたことは、とてもよかったと思うんです。楽譜もなかなか手に入らないし、楽器も貧しいものだったけれど、そんなことは本来の音楽には関係ないことなんですね。

この間、芸大の同級生と会ったときに、われわれの世代は特別だった気がするな、という話になりましてね。自分のまわりにあるものを信じていたし、何でもできる、やっていいんだという空気があった。戦争が終わったばかりのあの時代が、一番よかった気がします。みんなのびのびしていて。

小学校のアルバムを見ると、お腹を空《す》かせていたにもかかわらず、全員が生き生きとしたいい顔をしているんです。笑顔にしても、ほんとうに心から笑っている感じがします。

だんだん復興が進んできて、*朝鮮戦争をきっかけに国が経済的に豊かになったあたりから、少し雰囲気が変わってきたように思います。僕の母親なんかは当時、「何となくまた戦争のころの雰囲気に戻っていく感じがする」と言っていましたね。

闇市、買い出し……毎日が冒険だった

敗戦の翌月、舘野さんは緑が丘の自宅に帰ってきた。家は無事だったが、近所にはあちこちに焼け跡の空き地があった。持ち主が帰ってこないままの土地は近所の人が耕して、芋や野菜を作っていた。

自由が丘駅付近には当時、闇市*が立っていた。舘野さんは毎日のように出かけていったという。そこは、子供にとってわくわくする空間だった。

――うちの近くの踏切を渡ると、東横線の線路に沿って自由が丘のところまで、ずーっと店が並んでいました。ほんとうは行っちゃいけないと言われていたんですよ、ガラが悪いからって。

あらゆるものが売られていて、いろいろな人がいた。お金は持っていないから何も買えないけれど、それでも面白かったですね。いや、怖くなんかなかったですよ。

あるとき小学校の先生に連れられて、クラスの何人かで自由が丘の駅から電車に乗ったことがあるんです。そのとき、駅に進駐軍の兵士たちがいて、ガムを噛《か》んでいた。

僕たちがじーっと見ていたら、「ヘイ！」って言ってガムを差し出したんです。もちろん取りに行きました。もううれしくてね。あとで先生にものすごく怒られましたけど。

終戦直後、僕の父は、進駐軍のダンスオーケストラで弾いていたんですよ。あのころは音楽家もなかなか仕事がなかったので。

渋谷《しぶや》あたりのダンスホールだったと思います。夜、布団の中にいて東横線の電車が通る音が聞こえると、あの電車に乗って帰ってきたかな、なんて思ったりしました。

このあたりは、当時は道が舗装されていませんでしたから、埃《ほこり》はたつし、雨が降るとぬかるんでドロドロになるんです。遊びに行って帰ってくると、縁側にバケツが出

＊朝鮮戦争（ちょうせんせんそう）
一九五〇年六月二五日に北朝鮮と韓国の間で始まった戦争。当時は米ソ二大国間の「冷戦」が始まったばかりで、その代理戦争として朝鮮半島の主権をめぐって争った。一九五三年七月二七日に休戦。
＊闇市（やみいち）
戦後、食品や生活必需品の多くは政府の配給や統制下におかれた。それから外れて非合法で売買が行われた市場。

してあって、足を洗ってから家に入る。大雨が降って、道に小舟が出たこともありましたよ。

冬はいまよりずっと寒かったし、雪もたくさん降って、雪合戦ができた。ピアノの練習もしたけれど、友だちと駆け回って遊んでいました。木登りに蝉とり、相撲、草野球……。疎開時代と、この焼け跡闇市時代は、その後の演奏家としての自分の人生に大きなエネルギーを与えてくれたと思いますね。

食料の買い出しにも行きました。父といっしょに栃木県の田舎まで。小学校の四年とか五年のころです。

汽車は満員で、屋根にも人が乗っているような状態です。僕もデッキのところにぶら下がって乗ったりしていました。いま思えば危ないですけど、当時はみんなそうでしたからね。

僕も小さなリュックサックを背負っていって、お米はそこに入れるんです。父のリュックサックにはカボチャやサツマイモです。お巡《まわ》りさんが来ると、父が僕に「お前、知らないふりをして先に行け」と耳打ちする。父の荷物は没収されても、僕のは無事なんです。子供だからお目こぼしされるんですね。いちばん大事なお米を守るための作戦というわけです。

そういうのも楽しかった。食糧難で親は大変だったんでしょうが、僕にしてみれば、大好きな父と二人で冒険をしているような気持ちだったんでしょう。

音楽を呼吸する暮らし

友だちと遊び廻《まわ》る一方で、もちろんピアノの練習にも励んだ。

「夢中になって遊んでいたら、家の先の路地のところにおふくろが出てきて、僕を呼ぶわけです。そしたら、じゃあ今日はさよなら、って家に入ってピアノを弾く。そんな感じでした」

両親ともに音楽家である家に育ち、若くしてピアニストとして世に出た舘野さんは、クラシック音楽の英才教育を受けてきたのではないかと思っていたが、そういう家庭ではなかったという。

自宅で音楽教室を開いていたため、家の中ではつねに誰かの弾く楽器の音が鳴っていた。そんな中で学校の勉強をし、昼寝をし、読書をした。

舘野さんは四人兄弟のいちばん上で、下に三人の弟妹がいる。舘野さんがピアノの練習をしている横で、弟や妹が宿題をしたり遊んだりしていたという。

「最近の音楽をやる学生みたいに、練習しているんだから邪魔しないでとか、静かにしていてとか、そういうことには縁がないんですよ」と舘野さんは笑う。

それはのちに演奏家になってから、大いに役に立ったという。演奏旅行の旅先では、静かな環境でじっくり練習できるとは限らないからだ。

ロサンゼルスで演奏会を開いたときは、練習場がなく、泊まっていたホテルのフロントに頼んで、レストランのピアノを使わせてもらった。この時間なら弾いても大丈夫と言われて行ってみると、ランチタイムで、たくさんの客が食事をしていた。仕方がないので、なるべく耳あたりのいい曲を弾いていたら、演奏に感動した人たちから拍手が起こった。チップを置いていく人も多く、思わぬ収入で懐が暖かくなったという。

このエピソードを聞いて、舘野さんと初めて会ったときのことを思い出した。インタビューの日から一か月ほど前、舘野さんが客演した大阪でのコンサートのときである。

会場のホールに着き、関係者に、舘野さんにひとこと挨拶《あいさつ》をしたい旨を申し出ると、「開演前にお会いになりますか」と聞かれて驚いた。開演直前のもっともナーバスになる時間に初対面の相手に会ってくれるなど、普通は考えられない。リサイタルではなく客演とはいえ、ずいぶんおおらかな演奏家だと思った。

そのときは開演前に楽屋を訪ねることは遠慮し、コンサート終了後にお会いしたのだが、じっくりとインタビューをして改めて、どんなときでも自分自身でいることのできる、おおらかさと強靭《きょうじん》さをもった人なのだということがわかった。

それはおそらく、戦時中から戦後にかけての貧しいが自由な時代に、さまざまな音の鳴りひびく家で、家族とにぎやかな暮らしを送る中で身につけたものなのではないだろうか。

舘野さんは、この家で暮らした少年時代のことを、〈自然に音楽を呼吸していた感じ〉〈ほかの音が響いていたら、周りに誰かいたら何もできない、集中できないというような神経質なものはなく、皆が自然体で一緒に生きていた〉と回想している（エッセイ「はみだした字」より）。

人々が音楽を分かち合った時代

――防音などはなくて、いつも音があふれていたあのころの家のことを思い出すと、なんだか奇跡のような気がします。

家にレコードはなくて、裕福な友だちの家に行って聴かせてもらっていました。ラジオはありましたけど、人の出入りの多い家だったので、ゆっくり聴くことはできません。ラジオのある部屋で、弟や妹が練習をしていることもありましたしね。だから聴きたい番組があると、やっぱり友だちの家に行っていました。

英才教育なんかとは無縁の両親だったけれど、楽譜と本は買ってくれました。うちは子供に小遣いをくれない家で、僕は大好きな紙芝居が来ても飴《あめ》が買えないから、「買わない子はダメ」と言われて、いつもいちばん後ろから見ていたんです。

でも、家計が苦しいときも、楽譜と本だけは買ってもらえた。ただし、終戦後しばらくは、買いたくても楽譜は売っていなかったんです。だから持っている人がいると、母か父が写させてもらっていた。当時はコピー機なんかなかったから、全部手書きです。

昭和二一年に、全日本学生音楽コンクールが開催されました。終戦翌年の混乱の中、まだ焼け野原だった東京で、子供のための全国規模の音楽コンクールが行われたんですから驚きです。

小学校四年生だった僕は、このコンクールでドビュッシーの『子供の領分』という曲を弾いて、小学生のピアノ部門で全国二位になりました。

全日本学生音楽コンクールは、現在まで続く、学生を対象とした日本の代表的な音楽コンクールである。ヴァイオリン、ピアノ、声楽、フルートの四部門に分かれ、小学校高学年から大学生までが参加できる（最初のころは高校生まで）。

正式には昭和二二年が第一回だが、その原形というべきコンクールが前年の昭和二一年に開催されており、舘野さんが小学生の部で全国二位になったのは、「学徒音楽コンクール」と名づけられたこの大会である。

このときのプログラムにコンクールの意義が記されているが、その中に次のような言葉がある。

長い間の戦争で　わが国の文化は　甚だしく後退させられて居りましたが　漸くにして各方面とも力強く焼跡より息を吹き返して来て居ります。殊に　音楽部門の息吹は素晴らしいものがあります。

本コンクールは　単なる腕くらべや選手権争奪戦ではありません。立派に歌ひ立派に聞いて　音楽文化をグングン押し進めて行きませう。

戦争が終わり、自由に音楽ができるようになった喜びと、将来への希望があふれている文章である。

終戦直後の日本人の音楽を求める心、文化的なものに触れたいという願いは強いものだった。舘野さんは言う。

「当時、文化的な催しには、とにかく大勢の人が詰めかけました。著名なピアニストだと、東京のいろいろなところで何度も演奏会をやって、それが全部満員になった。いまでは考えられないことです。長い戦争の間、日本人はみんな美しいものに飢えていたんですね。ホールの音響はよくなかったし、楽器もじゅうぶんではなかったけれど、聴衆はみな、胸を熱くして聴き入りました。みんなで音楽を分かち合おうというあの空気はほんとうに素晴らしかった」

この話を聞いて、昭和二〇年のクリスマスに、東京でヘンデルのメサイアの演奏会が行われた話を思い出した。日本文学の研究者で、戦時中は日本語の語学将校だったドナルド・キーン氏の編による『昨日の戦地から　米軍日本語将校が見た終戦直後のアジア』（中央公論新社）で読んだエピソードである。

この本は、米軍の若い日本語将校九人が、終戦後に東京、佐世保《させぼ》、青島《チンタオ》、上海などに派遣され、それぞれの任地から交わしあった書簡を収録したものだ。

その中に、終戦の年のクリスマスの夜、東京で日本人によるメサイアの演奏を聴いた感想を綴《つづ》ったシェリー・モランという将校の書簡が出てくる。

指揮者とオーケストラは全員日本人で、合唱団は日本人の男女が一八〇名、そこに約七〇名の米兵が加わっていたという。合唱部分の歌詞はすべて英語である。

シェリー・モランは、手紙の中で、日本では五年以上もこうした西洋音楽の演奏会を上演することが不可能だったのに、日本人の演奏と歌のレベルが高いことに感嘆し、こう書いている。

その晩、会場に暖房がなくてぞくぞくするほど寒かったにもかかわらず、この公演は極めて素晴らしいものだった。(中略)千五百人に上る聴衆のほとんどは兵士、水兵、陸軍婦人部隊の兵士と看護婦だったが、この合唱を聴いて、これほどの感動を受けるとは誰もまったく予期していなかった。

そして、そのとき会場にいた誰もが感じたことを、こう表現している。

多くの者がぼくと同じ気持ちでいるのが感じられた。つまり、音楽を超えた何かが姿を現わしたんだ。それは希望だった。

素晴らしき哉、音楽のある人生

――コンクールで二位になった僕は、受賞者演奏会に出ることになりました。会場は、当時、最高の檜舞台《ひのき》だった日比谷公会堂です。ところが僕は、出番が来るまでそのへんを走り回って夢中になって遊んでいましてね。「舘野くん、出番だよ」と呼ばれて、あわててステージに上がったんだけど、弾き始めたら、おしっこがしたくなっちゃった。お尻《しり》を振って一生懸命我慢して弾いて、終わったらお辞儀もしないでまっしぐらにお手洗いに駆け込むことになりました(笑)。

出番の前にちゃんとトイレに行っておこうなんていう考えがなかったんですね。まったく緊張していなかったから。いまでもそうなんですが、音楽をやるのに前もって緊張するということがないんです。そのかわり、本番になれば、瞬時にして集中する。

僕の父は、音楽というのはとにかく素晴らしいもので、音楽をやるほど素敵な人生はないと、一生ずっと思っていた人でした。だから、子供たち全員を音楽家にすることに何のためらいもなかった。そういう環境で育ったので、失敗を怖れる気持ちがないんです。

舘野さんは翌々年のコンクールにも出場し、パデレフスキーの『主題と変奏』を弾いて、今度は一位になった。小学校六年生のときである。その前年から、豊増昇《とよますのぼる》氏に師事するようになっていた。日本のピアノ史に残る演奏家であり、多くの名ピアニストを育てた教育者でもある豊増氏だが、舘野さんによれば当時、氏の家には、ピアノと楽譜以外、何もなかったという。

高校二年からは、レオニード・コハンスキー氏に師事。グランドピアノを買ってもらったのはこのころである。それまではアップライトのピアノを弾いていた。

「中古の小さなグランドピアノでしたが、うれしくて、学校の昼休みにこのピアノを弾くために、往復一時間かけて家に帰っていました。そのせいで昼ご飯を抜く羽目になりましたけれど（笑）。どうしてもグランドでなくちゃいけないという意識はなかったんですが、買ってもらえたのは、やっぱりとてもうれしかったですね」

中学、高校時代は、ピアノの勉強と並行して考古学や文学に親しみ、東京芸大のピアノ科に進んだ。在学中から演奏家として頭角を現し、芸大を卒業した年には、第一生命ホールでデビューリサイタルを行っている。以来、日本を代表するピアニストの一人として、世界を舞台に活躍してきた。

プロの演奏家になろうと思ったのはいつごろですか、と聞いてみたら、「ピアニストになろう、と思ったことはありません」という答えが返ってきた。

「ごく自然に、なるのが当たり前だと思っていましたから。ピアノを弾いて生きていこうと、あえて決心したことはなかったんです」

二〇代の終わりに北欧に旅をしたのをきっかけに、フィンランドのヘルシンキで暮らすようになる。やがて舘野さんの演奏を通して、日本人はシベリウス*をはじめとする北欧の音楽に親しむようになるのだが、舘野さんは北欧音楽の専門家というわけではなく、もともと音楽を学ぶために北欧に行ったのでもない。

北欧に惹《ひ》かれたのは、高校時代に古本屋で偶然、スウェーデンの作家セルマ・ラーゲルレーヴの小説を手にしたのがきっかけだった。『ニルスのふしぎな旅』などで知られるラーゲルレーヴは、女性で初めてノーベル文学賞を受けた作家である。以後、北欧文学にのめり込むようになった。

初めて訪れた一九六〇年代のフィンランドは、寂しく澄んでいる感じが魅力的だったという。短期間のつもりで暮らしてみたら、権威や伝統の重たさとは無縁の風土がしっくりなじんだ。日本にも西欧にも距離があり、孤独でいられることも好ましかった。

いつだって自由、どこでも自由

やがて移住を決意するが、キャリアを順調にスタートさせ、将来を嘱望されていた若い音楽家が、当時は地の果てのように思われていた北欧に行くことに、周囲は反対したという。

「音楽家はみんなパリとかウィーンに行く時代ですから、そんなところに行ってどうするんだ、と。やっぱり変わり者だったんでしょうね(笑)」

一九六四年にヘルシンキで初めてのリサイタルを開き、翌年からヘルシンキ音楽院で教えるようになった。一九六八年からは国立シベリウスアカデミーで教えることにな

＊シベリウス Jean Sibelius
ジャン・シベリウス。一八六五―一九五七。フィンランドの作曲家。

る。以後、世界中で演奏活動を行ってきたが、拠点は現在に至るまでヘルシンキである。

多くの人が目指すメジャーな道を選ぶのではなく、自分自身が心惹かれる方向に迷うことなく進んできたのは、「何をやってもいいんだ」という戦後の自由な空気を吸った少年期の経験が大きいと舘野さんは言う。

舘野さんが奏でる音は、何ものにもとらわれることなく、いつも生まれたばかりのように新しい。二〇〇二年に脳溢血をわずらって右手が不自由になり、左手だけで演奏するようになってからも、聴く者の精神を解き放つような、清冽《せいれつ》な魅力は変わらない。

その底に流れているのは、ひ弱な音楽的エリートがけっして持ち得ない、激動の時代を自由な精神で生きてきた人の、強靭なおおらかさとでも言うべきものなのだろう。

舘野さんがみずからの音楽性をやしなったのは、いい楽器も楽譜も手に入らず、レコードはなかなか聴けず、ホールの音響にしても、いまよりずっと悪い時代だった。

もっと恵まれた環境の中で音楽の勉強をしたかったとは思いませんかと最後に尋ねると、舘野さんはあっさりと「思いませんね」と答えた。

「何々があったらよかったのに、と考えたことは一度もありません」

五〇年間にわたって第一線の演奏家として生きてきたピアニストは、ほほえみながらそう言った。

原爆ドームに行ってみたら、ふっと出てきたんです。
ええ、みっちゃんが猫を抱いていて。
あの猫はね、冷たかった。死んでる猫だったのよ。
——辻村寿三郎

満洲にて。母と。

辻村寿三郎（つじむら・じゅさぶろう）

一九三三（昭和八）年、旧満洲・錦州省朝陽生まれ。人形師。終戦の一年前に広島に引き揚げる。二二歳で上京し、二六歳で人形作家として独立。一九七三（昭和四八）年、NHK『新八犬伝』の人形美術を担当し一躍注目を浴びる。その後、創作人形の発表、舞台衣装のデザイン、演出、脚本など、多方面に活躍している。

人形作家の辻村寿三郎《つじむらじゅさぶろう》さんは、昭和八（一九三三）年、旧満洲《まんしゅう》の朝陽（現在の遼寧《りょうねい》省朝陽市）で生まれた。満洲国*が成立した翌年のことである。

「満洲が生まれた頃にわたしが生まれて、あの国が滅んだときに、わたしが日本に帰国した。わたしのためにあの国があったようなものですよ」

辻村さんがかつて、詩人の佐々木幹郎《ささきみきろう》さんのインタビューに答えて語った言葉だ。『人形記』（淡交社）という本の中でこの言葉を見つけ、強い印象を受けた。

私は満洲から引き揚げてきた人たちにインタビューをした経験が何度かある。引き揚げの壮絶な経験だけではなく、華やかだったころの満洲の思い出を語ってくれた人もいたし、日本人が理想を託した夢の土地として満洲を回想した人もいた。しかし、「わたしのために満洲国があった」と言い切る人に会ったことはない。何と傲慢《ごうまん》な、それでいて胸に強くひびいてくる言葉なのだろう。こんなことを言ってのける人の話を聞きに行かないわけにはいかない――この言葉に出会ったときからそう思っていた。

その辻村さんをテレビで見かけたのは、二〇一〇年七月のことである。辻村さんの人形作家としての軌跡と作品を紹介するNHKのドキュメンタリー番組だった。

仕事場にカメラが入り、作業をする辻村さんの手もとを映していた。縮緬《ちりめん》の布を張った人形の頭部を片手で持ち、もう片方の手で、顔に目鼻をつけていく。細い金属の棒の先で、目尻《めじり》や口角をほんのちょっと押すだけで、人形の表情ががらりと変わる。若い女のうっすらとした恥じらいや、年増《としま》女のどきりとするようなあだっぽい目つきなどが、あっという間に生まれていくのだ。その手早さと精妙さは、まるで妖術《ようじゅつ》のようだった。

たまたま目にしたドキュメンタリーだったが、思わず画面に見入っていると、番組の中盤に一組の人形が映し出された。

一五、六歳の少年と、一〇歳くらいの女の子。女の子は胸に猫を抱いている。二人ともぼろぼろの服を身にまとい、髪はほこりをかぶってぼさぼさ、顔はうすぐろく汚れている。一般に知られているあでやかでエロティックな辻村さんの人形たちとはまったく違う。

「この女の子は、みっちゃんというの。小学校五年生のときの同級生です。横にいるのはみっちゃんのお兄ちゃん。ふたりは広島で被爆して、一年後に亡くなりました」

画面の中の辻村さんが言った。

辻村さんは昭和一九年に満洲から引き揚げ、母親の姉がいた広島市に住んだ。同じく満洲からの引き揚げ者だったみっちゃんと仲良くなった。

辻村さん母子は昭和二〇年の春、同じ広島県の三次《みよし》という町に引っ越す。それから四か月後、広島に原爆が落とされた。

その年の一一月、みっちゃんの消息をたずねて、辻村さんはひとりで広島の町に入った。そのとき原爆ドームの近くで再会したみっちゃんとその兄の姿を、後年になって人形にしたのだという。

「人形作りを始めてまもないころの作品です。この人形が私の原点なんです」

辻村さんはそう言った。

辻村寿三郎はおそらく、日本でもっとも有名な人形作家だろう。二〇代の後半から創作人形の制作を始め、すぐに「現代人形美術展」で入選、特選を重ねるようになった。一九六〇年代は「天井桟敷《さじき》」*の寺山修司などと組み、演劇の世界でも活躍した。

＊満洲国（まんしゅうこく）
現在の中国の東北地区にあった満洲族の国で、一九三二年に独立。当時この地域は日本の関東軍が支配しており、実体は日本の傀儡国家だった。一九四五年、太平洋戦争の終結とともに瓦解。

生きているかのような存在感を放つその人形は、＊アンダーグラウンド演劇の旗手たちを刺激し、時代の先端を行く舞台をともに作った。

辻村さんの名が広く日本中に知られるようになったのは、一九七三（昭和四八）年にNHK総合テレビで放映された人形劇『新八犬伝《しんはっけんでん》』がきっかけだった。辻村さんは、登場する人形四〇〇体以上をすべて制作。番組は大ヒットし、いまにも語り出しそうな表情をした、個性的で斬新《ざんしん》な辻村さんの人形は、人形というものに対する一般のイメージを大きく変えることとなった。

辻村さんの作る人形はどれも、独特のエロスをたたえている。人間たちをじっと凝視しているような大きな目。血の色が内側からほのかに透けて見えるような白い肌。町娘に花魁《おいらん》、戦国武士、『源氏物語』や『平家物語』の女たち。長い睫毛《まつげ》につんとした鼻の、西洋人の歌手やダンサーもいる。

そんな、なまめかしい美しさをたたえた辻村さんの作品世界と、私がテレビで見た広島の女の子の人形は、対極にあるように思えた。その人形を「原点」だと本人は言う。

満洲、そして広島。ふたつの土地で、辻村さんが見たものは何だったのだろう。

まぼろしの帝国で生まれて

東京の日本橋人形町《にほんばしにんぎょうちょう》にある「ジュサブロー館」。ここが辻村さんのギャラリー兼仕事場だ。訪れた人は、おびただしい数の人形に出迎えられる。

辻村さんの人形は、美しいがどこか怖ろしい。人形は、人に見られるためにあるはずなのに、こちらが見られている感じがするのである。ただ見られているのではなく、見透かされている感じとでも言おうか。

＊寺山修司（てらやま・しゅうじ）

一九三五―一九八三。劇作家、詩人、歌人、評論家。劇団「天井桟敷」の設立者。演劇、詩だけでなく、映画、文芸、スポーツなど幅広い分野にわたって評論、執筆活動を行ったマルチ・クリエイターの先駆け的存在。一九六〇年代後半から八〇年代にかけて、時代のスーパーヒーローだった。

＊アンダーグラウンド演劇（アンダーグラウンドえんげき）

それまで主流だった西洋翻訳劇、商業演劇に対抗する、実験的で反商業的な演劇の総称で、特に一九六〇年代から八〇年代にかけて流行した。内容はおおむね反体制的で、主に小劇場で上演された。

故・寺山修司はかつて、辻村さんに「おまえの人形は、おれの全部を知っている気がする。そういう目をしている」と言ったそうだ。

「ジュサブロー館」を訪ねたとき（二〇一〇年九月）、一階の奥には、小ぶりのステージがしつらえられた人形劇の芝居小屋があり、辻村さん自身が人形をあやつるライブが定期的に行われていた。この芝居小屋の名は「目玉座」という。命名は寺山修司である。寺山が、辻村さんの人形の目にいかに強い印象を受けていたかがわかる。

「若いころ寺山さんと仕事をしていたとき、〝おまえはこんなふうに人形で芝居やったりしているんだから、もしいつか人形の芝居小屋でも作るようなときは、目玉座ってつけろよ〟と言われたんです」

と辻村さん。

小屋の中心には巨大な目玉（ミケランジェロのダビデ像の目の部分）があり、観客を見下ろしている。その目と、ステージにずらりと並んだ人形たちの目に見つめられながら、インタビューは始まった。

——そうです、生まれたのは満洲です。当時の錦州《きんしゆう》省朝陽というところ。満洲では南部にあたる地域ですね。北京から朝鮮半島の方に鉄道線路を北上していくと、朝陽という駅がいまでもあります。

満洲国が成立したのは昭和七年。私の生まれる前の年です。私たち母子が満洲を出たのが昭和一九年で、その翌年には満洲はなくなってしまった。

満洲は、まぼろしです。結局は消えてなくなったまぼろしの国。ちょうど私がそこにいたときだけ、この地上に存在してくれていた国なんですね。

私を育ててくれた母は辻村小常《こつね》といって、朝陽の町で、関東軍*の将校たちを客とする料亭を経営していました。芸者を抱えて、置屋のようなことをしていたのです。

この母は広島県三次の出身でした。女ばかりの五人姉妹で、母を含め全員が芸者になったといいます。

母は単身でまず台湾に渡り、自動車を使って飲み屋をやっていたそうです。屋台をちょっとモダンにしたようなものだったんでしょうね。それから小さな料理屋を出して、そこで父と知り合い、いっしょに満洲へ渡った。父は近藤《こんどう》というんですが、別に

*関東軍（かんとうぐん）
旧満洲に展開した大日本帝国陸軍総軍の名称。もともとは、日本の租借地であった関東州（遼東半島）の警備にあたっていたことからこう呼ばれた。

家庭がある人でした。

父はもともとは日本で醤油屋《しょうゆ》をやっていて、その醤油屋ごと満洲にやってきた。そこの経営をやりながら、朝陽の近くの鉱山の親分みたいなことをやっていました。どうやら関東軍とつながりがあったみたいですね。当時、鉱山は皆、軍の管轄下にありましたから。この父は、私が五歳のときに死んでしまいました。

この世にいないはずだった私

――父と母、というふうに申してますけど、実を言うとほんとうの親ではないんです。私の生みの母親は、育ての母である辻村小常のところにいた芸者でした。実の父親は、料亭に出入りしていた関東軍の軍人だったようです。

だいぶ後になってから、生母と近しい人に聞いたんですが、彼女が私を身ごもったのは、満洲ではなくて内地の、大阪かどこかだったようです。それで母は、お腹の子を満洲で消すことを考えていた、と。闇に葬られるはずだった私を、辻村の母が養子にして育ててくれたんです。

生まれたときも逆子《さかご》でね。オギャアとも泣かず、ほとんど死んで生まれたようなものだったようです。これは育たないと一度は医者も見放した赤ん坊を、辻村の母は、大事に大事に育ててくれた。命を拾ったわけです、私は満洲で。

　だから、母と言ったらそれは辻村の母です。彼女は子供ができない人だったようで、私が生まれたときは、もう五〇歳ちかくになっていたと思います。

　生みの母親のことですか？　うすうす気がついていいました。あの人だろうな、って。だって置屋にいるんですから、いつもすぐ近くに。それでもって、顔がそっくりなの。何となくわかっちゃいますよねえ、子供でも。


　しかし辻村さんを育てた母は、最後まで養子だとは認めず、実子で押し通した。戦後になって新制中学に編入する手続きをしたとき、書類の手続きの際に漏れたのか、辻村さんが養子だという噂が広まったことがあった。

　そのとき母は、辻村さんが生まれたときのへその緒を持って、「あれは私が産んだ子供です。嘘だと思うならこれを見てごらんなさい」と、教師や友人の家を一軒一軒廻《まわ》ったという。


　――満洲にいるとき、夕日を見るとね、もう血が騒ぐわけ。満洲の曠野《こうや》って、立ってぐるっと一回りしても、山が一つも見えなくて、全部真っ平らな地平線だったりするんです。そこに、真っ赤な夕日が落ちていく。その大きさといったらね。自分が吸い込まれるというか、身体ごと奪われてしまうような感じなんです。

その夕日を見るたびに、自分の存在がものすごく不思議になるわけ。こっちからは向こうが見えているのに、向こうからはたぶん私が見えていないんじゃないか、と思えてしかたがない。アリくらいには見えているかな、せめてキリギリスくらいだったらいいけどな、なんて考えたりして。そういう、自分がすごく小さいものだという気持ちが子供のころからずっとあるんです。

そして、そういう小さい自分が、なんでここにいるのかがわからない。それは、さっきお話しした出生のことから来ている部分もあったのかもしれませんけど、子供だから、どんなふうにして自分が生まれたのかとか、そんなことは考えないんですね。ただ不思議なんです、いまここにいる自分が。

自分が何なのかということがわからない中で、人のかたちをしたものを作ることによって、何かを手さぐりで探していたのかもしれません。

かりそめの楽土で人形を作る

――ええ、私はほんの二つか三つのころから、人形を作っていたそうです。そうですね、とにかく人のかたちをしたものに興味があったことは覚えています。私という存在の底のところに流れていて、何かの拍子に表面にふっと浮き上がってくるもの――それが人形というかたちになったりするんですけれど――はすべて、満洲という土地を通ってきたものだという気がするんです。

満洲という場所は、生地ではあるけれども、異郷です。日本にとっては〝外地〟ですから。でも私は、その異郷の四季の中で、人間として目覚めていった。そのことは変えようがありません。

いまでも私ね、自分が日本人だという気が、どうしてもしないんですよ。

割《わ》り箸《ばし》が転がっていたら、そこに新聞紙をまるめて人形を作るような子供だったという。人形のために布切れが欲しくて、五歳くらいのときに芸者さんの着物を鋏《はさみ》で切ってしまい、ひどく叱られたこともある。

朝陽は、荒涼とした無人の地に城壁をめぐらせて作られた町である。砂を運んでくる強い風に絶えずさらされて建物はくすみ、川は濁っていた。夜になるとオオカミの遠吠《とおぼ》えが聞こえてくる。

一歩外に出ればそんな環境だが、辻村さんが暮らす置屋には三〇人もの芸者がおり、粋《いき》な三味線の音やなまめかしい唄《うた》に囲まれて育った。そして、絹の着物のすべらかな手触り。それらは幼い辻村さんの身体にしみこんで、独特の感性を形作った。

辻村さんの母は、芸ごとや芝居が好きな人だったが、息子には、男らしくたくましく育ってくれることを願った。ましてや戦時中である。女の子のように家の中で布切ればかりいじっている幼い息子を心配し、何とか男らしく躾《しつ》けようと、しばしば厳しく接した。しかし、母に叱られようと泣かれようと、辻村さんは人形作りをやめることはできなかった。

人形を所有したかったのではない。夢中で作った人形も、完成してしまうと興味を失い、みんな人にあげてしまったという。そして憑《つ》かれたように、また次の人形を作り始めた。ほかでもない自分の手で、人の姿をかたどったものを繰り返し作ることによって、人間の存在の根本に直接触れようとしていたのだ。

国を挙《あ》げての戦争のただ中で、かりそめの王道楽土*の片隅に暮らす少年は、人形という、時代にまったくそぐわない〝女々しいもの〟に、ひたすら精魂を傾けていた。

髑髏、竜巻、そして満洲の日々

――満洲で住んでいた朝陽は、私にとってはいいところでした。気候は、日本に比べれば厳しくて、満洲の南部とはいえ、冬はほんとうに寒かったですけれどね。外へ出ると睫毛が一瞬で凍って、目をこすると折れてしまったりしましたから。家の外につながれている馬がおしっこすると、すぐに凍って、見ているうちにするするするーっとつららが下から上に上がっていって。ほんとですよ。

人口は二万人に満たないくらいの小さな町でした。住んでいるのは大部分が中国人で、日本人と朝鮮人が一〇〇〇人ずつくらいいたと思います。もちろん戦争中ですから、日本の軍人がたくさん出入りしていました。城壁の外側に人家はなく、地平線ま

＊王道楽土（おうどうらくど）
権力や武力などで治める「覇道」ではなく、代々天から授かり継承してきた王の仁徳により統治する「王道」で治められた、平和で幸せな土地の意味。満洲国の建国の理念として掲げられた。

で*コーリャン畑が続いていました。

通っていた国民学校は城壁の外にあって、毎日一時間くらいかけて友だちと歩いていく。その道端に、お棺が置いてあるんです。むこうでは人が亡くなると、遺体を入れたお棺を平地に置いて、そこに土を盛ります。地面を掘って埋めるわけじゃないから、少し強い雨が降ると土が流れて、お棺がむき出しになってしまう。で、死体をカラスがついばんだりしているんです。

学校の行き帰りに、そういうお棺の腐ったところを蹴《け》って遊びました。中から髑髏《どくろ》が出てきたら、ポコポコ叩《たた》くんです。知ってます？ 髑髏って、叩くとみんな音が違うんですよ。叩きながら、これは女かな、それとも男かな？ なんてキャーキャー言いながら、友だちと道端に髑髏を並べてみたりして。いいえ、怖くなんかありませんでしたよ。すごく面白かった。日本では想像もつかないでしょうけれど。

想像がつかないと言えば、竜巻です。よく竜巻が来たんですよ、あの町は。竜巻が来る前って、空が真っ黄色になる。学校にいるときにそうなると、全員、校庭に出されるんです。建物の中にいる方がかえって危ないらしくて。倒壊したりとか、モノが飛んできたりとか、そういう怖れがあるんでしょうね。

校庭に出ると、一クラスずつ輪になって手をつなぐ。それで、その輪の中に竜巻を入れ込んじゃうんです。そうすると、わーっと二メートルくらい浮き上がるの、子供たちの身体が。で、竜巻が外にそれると、ふーっと下りる。

信じられない？　でもほんとうなんですよ、みんな嘘だって言うけれど。満洲から帰ってきた同級生たちと「ほんとだよね、あれ、よくやったよね」って話すことがあります。

学校の帰りに竜巻に遭うことがあって、そういうときも大勢で輪になるわけです。そうすると、みんながしょってる鞄《かばん》から、中身がバーッと飛んで、鉛筆やノートなんかが頭に当たったりね。時々、竜巻の最中に、誰かがおしっこしちゃって、それが顔にかかったこともあった（笑）。

ええ、楽しかったです、毎日とても。うちは兵隊さんが始終出入りしているところでしたし、戦争をやっていることはわかっていましたけど、近くでドンパチやっているわけじゃないですし。ご存じのように満洲は、突然、ソ連が参戦して国境を越えてくるまでは平和だったんです。空襲というのも経験がありませんしね。

＊コーリャン
モロコシの一種で、主に中国北部で栽培される。実は食用および醸造用に使われる。

不思議な勘が母子を救う

辻村さん母子が日本に引き揚げてきたのは、昭和一九年の春である。戦局はすでに日本に不利となっていたが、満洲は日本内地よりもよほど豊かで平和だった。

翌年の八月にソ連軍が協定を一方的に破って侵攻してくることなど、一般市民は想像だにしていないころに、母はなぜ引き揚げを決意したのか。それは、一〇歳だった辻村さんが、どうしても帰りたいと言い張ったからだ。息子を溺愛《できあい》していた母は、「おまえがそれほどまでに望むなら」と、店をたたんで満洲を離れる決心をする。父はすでに亡くなっていた。

終戦の前年に日本に帰ってきたおかげで、母子は満洲に住んでいた多くの日本人のように引き揚げの辛酸を嘗《な》めずにすんだのだが、満洲の風土の中でのびのびと暮らしていた辻村少年が、日本に帰りたがったのはなぜだったのだろうか。

——勘としか言いようがないんですよね。とにかく帰りたくて、母がうんと言うまで駄々をこねた。そうですね、あえて言えば、内地に売っている、きれいなものが欲しかったんじゃないでしょうか。

内地にいる母の親戚《しんせき》が、着せ替え人形の道具やなんかを送ってくれることがあったんです。それがすごく気になって。満洲にはそういうものは売っていませんでしたから。

どうやら内地では、母のところにいるのは女の子だと思っていたようなんですね。人形を作っている子供がいるらしいという噂が立って、じゃあ当然、女の子なんだろう、と(笑)。

内地に行ったことがなかったわけじゃないんですよ。年に一回は、父母に連れられて帰っていました。商売柄、派手な人たちでしたから、虎の毛皮のコートを着て金時計ぶらさげて、すごく贅沢《ぜいたく》な恰好《かっこう》をして帰っていたらしいです。私はあまり記憶にないんですけど、虎の毛皮を着せられていたのは覚えています。

満洲を出たのは、昭和一九年の春だったと思います。新しい学年から内地の小学校に行けるようにということで、春休みに引っ越ししたんですね。まだ寒い時期でした。

釜山*から船に乗りました。私たちは無事日本に着いたんですが、その後の便からは機雷*にやられることが多くて、安全に帰ってこられる最後の定期船だったそうです。

満洲で暮らしているときは実感がなかったんですが、この時期、大陸と行き来するのも、そうとう危なくなってきていたんですね。

母子は、母の姉が住んでいた広島で暮らすことになり、辻村さんは広島市内にあった大芝《おおしば》国民学校の四年生に転入した。

友だちもできたが、辻村さんは広島の生活にうまくなじめず、また引っ越したいと思うようになった。

——理由はよくわからないんです。やっぱり何か勘が働いたのかもしれないですね。とにかくここにはいたくないと思った。同じ広島県の三次というところが母の郷里で、「じゃあ帰ろうか、三次に」ということになったんです。

三次には、亡くなった父が何かのときのためにと買っておいてくれた一反ばかりの畑があったんですね。父はやはり広島県の出身で、音戸《おんど》というところの出でした。広島市にいたのは一年間です。また春休みになるのを待って引っ越しました。昭和二〇年の四月、三次国民学校の五年生に転入しました。

それから四か月後のことです、広島に原爆が落とされたのは。

封印したみっちゃんの人形

三次に移った辻村さん母子は、父が残してくれた畑で麦やジャガイモを育てていた。八月六日の朝も二人で畑に出ていたが、ふと見ると、広島市の方角の空が真っ黒になっている。

「何だろう、あれ」「広島の方だよね」

そんな会話を母と交わしたのを覚えている。音も光も感じず、キノコ雲も見なかったが、広島の上空が不気味な黒い雲で覆われ、ただごとではない感じがしたという。昼ごろになって、焼けただれた人たちが三次の町に押し寄せてきた。

＊釜山（ぷさん）
韓国南東部にある韓国第二の都市。一九一〇（明治四三）年八月二二日からの日本統治時代には、日本人居留地である「釜山府」が設置された。
＊機雷（きらい）
「機械水雷」の略。水中に設置し、敵の艦船が触れると爆発する。

——被爆した人たちが汽車でわーっとやってきたんです。国民学校の校庭は、そういう人たちでいっぱいになって。私も負傷した人のお世話をしました。亡くなった方たちを校庭で火葬にしましてね。その手伝いもいたしました。

満洲から引き揚げてきたときに世話になった広島市の母の姉も被爆しました。母の姉の家は楠木町というところで、爆心地から近かった。私たちはあやういところで惨禍をまぬかれたことになります。それが幸運だったと喜ぶ気持ちにはとてもなれませんでしたけれども。

その年の一一月の終わりごろ、辻村さんは広島市に向かった。大芝国民学校で仲良しだった、みっちゃんという女の子を探しに行ったのだ。みっちゃんも満洲からの引き揚げ者だったが、原爆の後の消息がわからなくなっていた。

鉄道はもう復旧していたので、三次から汽車に乗った。みっちゃんにあげるための米を一升背負って。

——みっちゃんの家は氷屋で、お兄ちゃんがいました。被爆して大変らしいという噂を聞いて、出かけていったんです。ええ、一人で行ったんですよ。小学生でしたけど。

広島には着いたけれど、何もわからないんですね、焼け野原で。思い当たるところを探し回ったけど駄目でした。

原爆ドームのところに水の出る水道があって、そこに孤児になった子供たちが寄り集まっているらしい、という話を耳にしたのは、夕暮れになるころでした。

行ってみたら、みっちゃんが、ふっと出てきたんです。お兄ちゃんと一緒に。そのときの姿を、二〇年近く経ってから人形にしたのね。それが、あなたがテレビで見たというあの人形です。ええ、みっちゃんが猫を抱いていて。

あの猫はね、冷たかった。死んでる猫だったのよ。みっちゃんもお兄ちゃんも、その後、一年くらいで死んでしまった。

そうです、あの人形は私の原点。まだ三〇歳になるかならないかのころに作った、ごく初期の作品です。

実はあれ、作品展に出したんです。「ヒロシマよりこころをこめて」というタイトルをつけて。そうしたら新聞ですごく叩かれてね。被爆した子供を人形で表現したことが、タブーに触れたんでしょう。

人形ごときに社会性を持たせるなんて笑止千万だという考えもあったのかもしれません。人形はあくまでも愛玩《あいがん》や観賞のためにあるというのが、当時のごく当たり前の考え方でしたから。女子供が抱いて遊ぶようなものでメッセージするなんて、とんでもないということですよ。

それ以来、あの人形は封印していたんです。ずっと誰にも見せずにいた。最近ですよ、公開するようになったのは。

川原でご飯を食べる「キツネの親子」

このインタビューのとき、「ヒロシマよりこころをこめて」は展示のために広島県の宮島《みやじま》に行っており、見ることはできなかった。しかし、テレビの画面で数十秒見ただけで、その印象はいまも忘れがたく心に焼きついている。やせ細り垢《あか》じみて襤褸《ぼろ》をまとっていても、二体の人形は、全身から強いエネルギーを放っていた。

特に忘れることができないのは、その目の光の強さである。

――戦火のさなかで、ひどい状態にあっても、子供はぼろぼろにはならない。いまだってそうですよ。戦争やっている国の子供を見てごらんなさい。

実は私、そういう子供たちの人形を作っているんです。足が片方なくなってしまったアフガンの子なんかも作ったけれど、あの子たちの目って、カーッと輝いている。あの輝きをどうしても表現したくてね。

ケニアの子供や、二〇一〇年の初めに大地震があったハイチの子供たちの人形も作っています。同時代を生きている子供たちのことを、少しずつでも形にしておきたいのね。

なんであんなにきれいな目をしているのか。大人には見えない、なにか遠くのものを見ているのか。……あの目を見ていたらね、自分はいったい何だろうと思って地平線に落ちる夕日を見ていたころを思い出すんです。

広島のみっちゃんとお兄さんの人形を発表して叩かれたのは、イデオロギーで人形を作っていると思われたからかもしれないけど、そうじゃないの。人間を表現したいんですよ。

敗戦後はそのまま三次で母と暮らし、地元の中学校に進んで演劇部に入った。三次はもともと芸事のさかんな土地で、町ぐるみの芝居好き。回り舞台をそなえた三次劇場という芝居小屋があり、上方歌舞伎や前進座、文学座や民芸などの新劇、そして旅回りの剣劇など、あらゆる一座が巡業にやってきた。素人演劇もさかんだった。

そうした空気の中で、辻村少年も芝居に熱中するようになる。脚本、演出、俳優など何でもこなし、美術も担当した。大道具や小道具、衣装などの舞台美術は、人形作りと密接な関係がある。辻村さんは人形への情熱も失っていなかった。

幼いころから辻村さんが人形を作ることを嫌がり、やめさせようとしてきた母とは、しばしば喧嘩《けんか》になった。それでなくても母親とは距離を置きたい思春期である。喧嘩になると辻村さんは家を出て、裏を流れていた川に行き、一晩中そこで過ごしていたという。

——川に入って仰向《あおむ》けにねころんで、川底から上を見るのが好きだった。きれいでねえ。竜宮城に行ってるみたいでした。

そう、川の底から水を透かして見るんです。雨でも降ろうものなら、もうあなた、波がキラキラしてね。その上を蛇が通ったりしてごらんなさいよ。ほんとに美しいから。

そうやって一人で川にいて、ご飯どきになるでしょう。そしたら、母がお櫃《ひつ》背負ってやってきて、川原でいっしょにご飯食べるんです。食べ終わったら「はい、さようなら」って言ってまた帰っちゃう。そういう母親なんです。「ごめんなさい」って言わない限り家には入れてくれない。そういうところは厳しくてね。朝になると、橋の上から「学校だよー！」って呼びに来るんですよ。

冬も川原に行ってました。ええ、冬でも水に入るんです。そりゃ寒いわよ。雪が降ったりすると、炭俵《すみだわら》と傘を持って母がやってきて、川原で火を焚《た》く。ときどき川から上がって、そこで手をあぶってあたためて。で、しばらくすると、母はまた傘さして帰って行くんです。

おかしい？　そうね、変ですよね。三次では「ありゃキツネの親子じゃないか」って言われてたみたいですよ（笑）。

母が亡くなったのは、私が二一歳のときです。最後は二か月くらい入院しました。私はもう勤めに出ていたんだけれど、ずっと病院に寝泊まりして。「春になったらジャガイモ植えに行こうやね」と言ったのが、母の最後の言葉でした。

生みの母親のその後ですか？　満洲からぶじ引き揚げてきて、大阪の方で暮らしていました。私が三八歳のときに再会して、いまから数年前まで生きておりました。

ライフワークとしての『平家物語』

中学校を卒業した辻村さんは、洋服の仕立屋や旅回りの一座などで働き、母を亡くした後に上京。歌舞伎の小道具を製作する会社に就職した。

その後、人形劇団の人形作りや舞台美術の仕事、ウインドー・ディスプレイ、映画のタイトル描きなどを経て、二七歳から人形作家の公募展「現代人形美術展」に出品するようになる。ここで毎年のように入選や特選を重ね、プロの人形作家として認められるようになった。


――二〇代の半ばに忘れられない出来事がありました。六〇年安保のときです。国会へのデモ隊が機動隊と衝突して、東大生の樺美智子《かんばみちこ》さんが亡くなった事件があったでしょう。あのとき私、その場にいたんです。で、彼女が亡くなるところを目の前で見てしまった。

私は当時勤めていた職場の組合で、あのデモに参加していました。すぐ近くで女子学生が警官たちに警棒で殴られて、ぐったり動かなくなった。その直前、まだ意識があるときに、彼女が発した言葉が忘れられません。彼女、殴られながら、警官たちに向かって「無知な山猿め－！」って叫んだんです。

目撃した状況の異常さよりも、私にはその言葉がショックでね。そういえば自分は、満洲から引き揚げて三次で暮らして、中学校しか出ていないし、社会の問題なんか全然考えていない。あのデモに参加したのも、実はそれほど深い考えはなかったんです。

当時は世の中全体が安保反対で盛り上がっていて、私のいた会社でも、組合ぐるみでいろいろなデモに動員されていた。デモに行かないと、疎外される雰囲気があるわけです。そういうわけで、あの日もデモに行った。そしてあの場面に遭遇したわけです。

そんな私だったから、樺さんの「無知な山猿」という言葉を聞いたとき、自分が言われているような気がしちゃったんですね。同じデモ参加者の側だったにもかかわらず。

無知のままじゃいけないと、それ以来、強烈に思うようになりました。最高学府には行けずに、こうして働いているけれど、とにかく無知ではない人間にならないといけない、と。

そのときから、あらゆるものを吸収しよう、貪欲《どんよく》に学び取ろうという気持ちでここまでやってきました。

「ジュサブロー館」の二階には、辻村さんが一躍脚光を浴びることになったNHKの連続テレビ人形劇『新八犬伝』で使われた人形たちが並んでいた。

どの人形も、かつてテレビで見たあの強烈な個性と迫力を失っておらず、いまにも動き出しそうな気配を漂わせている。

不思議なのは、人形の肌も衣装もまったく色褪《いろあ》せておらず、古びた感じがしないことだ。一体一体がまるで作られたばかりのように生々しい。『新八犬伝』の放映から四〇年近くたっていることを考えると、少し怖くなってくるほどだ。

『新八犬伝』の後、辻村さんは、蜷川幸雄《にながわゆきお》氏の演出する近松作品やギリシア悲劇でアートディレクターを務めるなど、活躍の場を広げていく。その後、舞台の脚本や演出も手がけるようになった。

また、みずからが遣《つか》い手として、一人遣いの人形による舞という独自のスタイルを生み出し、『源氏物語』をテーマに海外公演を行ってきた。現在は、『平家物語』をテーマにしたシリーズを制作している。

『平家物語』に登場する人々は、みな実在した人物だが、辻村さんは、よく知られた主役級の人物ではなく、物語にわずかに顔を出すだけの、歴史の陰に埋もれた女性たちを掘り起こして人形にしている。史料を読み込み、自身の足で歩いてゆかりの地を訪ね、その人が生きた痕跡を探し出す。

「弔《とむら》われてもいない人がたくさんいるんです。〝あのへんに埋葬されたらしい〟という話を頼りに探して探して、それらしいところをやっと見つけて、お参りしたり。だから時間がかかるんですよ。でも、もう一〇〇体は作ったかしら」

「ジュサブロー館」には、そのうちのいくつかが展示されていた。薄幸の女性が多く、はかなげな風情だが、その奥に戦乱の時代を生きた人の強靭《きょうじん》さも感じさせる。みっちゃんの人形に、少し似ている気がした。

あのころは女学生も来て、僕の見ている前で打っていた。
僕、聞いたんですよ。「なんでヒロポン打つの」って。
そしたら「痩せたいから」。

——梁　石日

梁石日（ヤン・ソギル）

一九三六（昭和一一）年、大阪生まれ。作家。様々な職業を経た後、印刷会社を始めるが失敗。借金に追われ、大阪を離れてタクシーの運転手となる。その経験をもとに書いた『狂想曲』が映画化され大ヒット。その後『血と骨』で山本周五郎賞を受賞する。主な作品に『闇の子供たち』『冬の陽炎』など。

戦時中に小学生で、東京や大阪などの大都会で暮らしていた人の多くは、疎開を経験している。これまでにも、児童文学作家の角野栄子さん、俳優の児玉清さん、ピアニストの舘野泉さんから、疎開先での体験を聞いてきた。

今回話を聞いた作家の梁石日《ヤンソギル》さんもまた、戦時中は地方に疎開していたが、その経験は異色のものだ。

私は比較的多くの人たちの疎開体験を直接聞いてきたし、手記などの文章になったものを含めると、数え切れないほど疎開の物語に接している。しかし、梁さんほど過酷で、またドラマチックな経験をしている人の話をはじめて聞いた。

在日朝鮮人二世として大阪で生まれ育った梁さんは、昭和一八年から終戦までに四回の疎開を体験している。

宮崎、岡山、東京、奈良。疎開には、学校単位で行く学童疎開と、親戚《しんせき》や知人を頼っての縁故疎開があるが、梁さんの場合は、すべて縁故疎開である。

最初の三回は、父親といっしょだった。自伝的小説『血と骨』の主人公のモデルとなった、並はずれた個性をもつ父親である。この小説で、梁さんは山本周五郎《やまもとしゅうごろう》賞を受け、直木賞の候補にもなっている。

二〇〇四年に崔洋一《さいよういち》監督によって映画化されたときはビートたけしさんが主人公を演じて強烈な印象を残したが、小説も映画も知らない人にも、今回の梁さんの話だけで、凄絶《せいぜつ》な生涯を送ったこの父の人物像が、あざやかに見えてくるに違いない。

梁さんにとっての戦争体験は、父親の存在を抜きにしてはありえないことが、話を聞いているうちにわかってきた。そして、父を語ることは、同時に、混乱の日々を支えた母の姿を語ることなのだということも。

凶暴な破壊神と暮らして

——親父が、「もう大阪はやられる」と言うんです。「絶対にやられる」と。昭和一八年のことです。

まだ大阪に空襲はないころです。新聞でも、日本は破竹の勢いで南方に進撃しているということになっていました。

うちの親父は済州島*出身の在日朝鮮人で、日本語の読み書きができませんでした。

だから新聞の情報などはわからない。でも、動物的な勘というか、本能で危険を感じたんだと思います。大阪はもうすぐ爆撃されると信じていました。

まわりが「何言ってるんや。根拠あるのか」と言うと、「この前、上空を爆撃機が一機、飛んでたやろ」と言う。「なんでアメリカの飛行機が大阪の空を飛んでるんや。そのうち空襲されるに決まっとる」ってね。

そしてある日突然、「疎開する」と言い出しました。九州の宮崎に、網元をやってる知り合いがいるから、そこに世話になる、と。

うちの家族が住んでいたのは、大阪の東成《ひがしなり》区中道《なかみち》にあった朝鮮人長屋です。当時の父はろくに働かず、ふだんはどこかの女のところで暮らしていて、たまに帰ってきては母が稼いだ金を持ち出していた。家計を支えていたのは母です。

母は商売もあったし、大阪を離れたくなかったと思います。でも、父の命令に背くことはできない。何をされるかわからないですからね。

親父はとんでもなく暴力的な男で、たまに家に帰ってくると、酒に酔って母や私た

＊済州島（さいしゅうとう、朝鮮語読みでは「チェジュド」）
朝鮮半島南端より八〇キロメートル沖合に浮かぶ火山島。

ちを殴り、暴れて家中のものを壊す。戸を蹴破《けやぶ》り、家財道具を破壊し、衣類を破り捨てる。理由などないんです。力を誇示したかったのか、根本にある孤独感や疎外感のためだったのか。いまもよくわかりません。ひたすら兇暴《きょうぼう》な男でした。

それで、父と母、姉、僕、妹の五人で宮崎に疎開したんです。近所の人たちは、父の行動が理解できなかったと思います。私たち家族も何が何だかわからなかった。昭和一八年の七月の終わりで、僕は小学校の一年か二年でした。

大阪から長いこと汽車に揺られ、着いたのは宮崎県の海沿いの町だった。地名は覚えていないという。

漁港があり、その近くの大きな屋敷が、疎開先となる網元の家だった。梁さんの父は、この家の主人と、どこかの賭場《とば》で知り合ったらしかった。

――親父はよく賭場に出入りしていました。でも博奕《ばくち》は弱かった。負けると暴れるんです。

身長は一八三センチか四センチあり、体重は一〇〇キロを超える大男で、怒ると手がつけられない。それで、賭場では父が来るとなるべく博奕をやらせないように、酒や女をあてがって、下にも置かない扱いをしていたようです。

父の巨体にはたくさんの傷がありました。家族の前で、匕首《あいくち》で腹を刺され、背中を日本刀で斬られて血まみれになったこともあります。

その状態で乱闘を続け、三、四人の男を倒しました。そのときはさすがに病院行きになり、腹の傷が大腸を貫いていることがわかりましたが、驚異的な回復力を発揮して、二週間もするとすっかりもと通りの頑強な身体に戻ってしまった。

これは戦後の話ですが、大阪に大きな台風が来たことがあります。ジェーン台風と言ったかな。最大瞬間風速が四〇メートルくらいのすごいやつです。木が根こそぎ飛んでいってしまうくらいの。

そのとき親父は、道をはさんだ向かいの家の二階に愛人と住んでいて、風で飛びそうになったトタン屋根を打ちつけるために、屋根に上がっていました。無謀な行動だったんですが、案の定、僕の見ている前で、強風にあおられて転落してしまった。

激しく身体を打ったようだったので、てっきり重傷を負ったと思ったんですが、しばらくするとむくりと起きあがり、あろうことかまた屋根に上っていった。びっくりしましたね。そういう人間ばなれした身体を持っている男だったんです。

疎開した宮崎の網元の家で、蛇が出たことがありました。巨大な青大将です。親父が家から外に出ようとしたら、梁《はり》のところにその青大将がいた。

こう、鎌首をもたげていましてね。父は大男でしたから、手を伸ばしてその蛇をつかんで、床に叩《たた》きつけて殺したんです。で、ナイフでばーっと皮をはいで、バケツに入れた。食べるためです。親父は蛇を煮て食べていました。臭くて閉口しましたね。

神をも畏れぬ所行の数々

――宮崎のその家は、ひと夏限りで結局、出ていくことになるんですが、それも親父のせいでした。そこの家で飼っていた犬を喰《く》ってしまったんです。

足の短い赤毛の雌犬でね。僕たちにもなついていて可愛かったんですが、赤毛の雌犬は、精力がつくと言われていたんです。そう、飢えてたから食べたわけじゃありません。精力をつけるためです。

親父は生命に対する執着がものすごく強くて、身体にいいと言われることなら何でもやったし、死ぬ間際までいろいろな漢方を飲んでいた。

とにかく自分の健康のためなら金を惜しまないんです。家族のためには金を使おうとしないけれども。

父は家主の犬を殺して皮をはぎ、一斗缶に入れて僕たち一家が借りていた部屋の隅に置いておいた。僕は知らずにうっかりそのふたを開けてしまい、全身の皮をはがれて歯を剝《む》いた犬の死骸《しがい》を見てショックを受けました。

その犬を、父は三日で食べ尽くしました。家主の一家はその犬を可愛がっていましたからね。網元は、父のやったことを知って、さすがに怒ったんだと思います。

それで結局、その家にはいられなくなった。夏の終わりには、一家で大阪に戻りました。


宮崎に疎開したとき、梁さんははじめて海を見た。同じくらいの年齢の子供たちが泳いでいるのを見て、見よう見まねで泳げるようにもなった。

夏休みの期間しかいなかったので、学校には行かなかったが、海で遊んでいるうちに友だちもできた。そのうちの一人が、ある日、波にさらわれて溺死《できし》する。特に親しくしていた少年である。いっしょに遊んでいた梁さんは無事だった。

この土地で、もうひとつの死を梁さんは経験している。三歳下の妹が原因不明の高熱を出し、翌朝、あっけなく亡くなってしまったのだ。梁さんは、人の命のはかなさに茫然《ぼうぜん》としたという。

大阪に戻った一家だったが、しばらくすると父は、また田舎へ行くと言い出した。行き先は岡山で、今度は梁さんだけをつれての疎開である。

——家族のことなど、どうでもいい人なんです。

ただ、僕は長男でしたからね。朝鮮では、家の跡継ぎを大事にします。僕は父のただ一人の息子なので、僕だけは死んだら困ると思っていたんじゃないでしょうか。そう、親父はよく「おまえはわしの骨だ」と言っていました。いやでしたね、すごく。

うちは、親父さえいなければ平和だったんです。親父が帰ってくると、それが一変する。だから二度と帰ってこなければいいのにと思っていましたね。どこかで死んでくれたらどんなにいいだろうと。

うちの母親は、ほとんど騙《だま》されるようにして親父と結婚したんです。あまりに苦労が続くし、妹も死んでしまったりしたので、あるとき巫女《みこ》さんを呼んで、拝んでもらったことがありました。

親父は「鬼神」、朝鮮では〝クシン〟と読むんですが、そういう悪いものがついているということで、それを祓《はら》ってもらおうとしたんです。

三人くらいの巫女さんが太鼓や銅鑼《どら》を叩いて三日三晩拝むんですが、その最中に運悪く親父が酔っぱらって帰ってきて、「お前らわしを呪い殺す気か！」と怒り狂いまして。「その神様とやらと対決してやる！」と言って、ズボンの前を開けて、しつらえてあった祭壇に、なんと小便をかけた。

巫女さんたちはもう驚愕《きょうがく》して、必ず罰が当たる、みたいなことを言って帰りましたが、親父は生涯、その調子で好き勝手に生きていきました。

後に大病をするんですが、これは、精力がつくといって、豚肉を発酵させて、まあ半分腐らせたようなものを自分で作って喰ったせいでね。ものすごく苦しんで、一晩で歯が全部抜けて。

そのときばかりは親父も、もう死ぬと思ったらしくて、長男の僕を呼んで正座させて「わしはもう死ぬからな」と言いました。いえ、家族をよろしくたのむなんてことは言いません。ただ「死ぬから」と。こっちは心の中で「はよ死んでくれや」（笑）。

何だかおかしな病気で、精神病院に何か月か入院したりしたんですが、結局は回復して元の通り頑健になりました。それを見て僕は、ああ、やっぱり神様はいなかった、と思いましたね。

母の逮捕で東京へ

——岡山では、父と二人、まず親戚の家に行きました。そこに数日間いて、さらに遠いところに移りました。まさに山奥の、茅葺《かやぶ》きの家です。あんな人里離れた一軒家を、どうやって見つけて、誰から借りたのかわかりません。そういうところは、いま考えても感心しますね。なんにもないところで、夜になると真っ暗でした。

ある日、空の高いところを、一機の飛行機が通りました。B29です。B29の爆音というのは独特でね。ブルンブルン、ブルンブルン……と、そういう音なんです。高射砲*の届かない八〇〇〇メートルとかの上空を飛んでいく。銀色の機体が、ぴかっ、ぴかっと光って、きれいでしたよ。

それを見て親父が「あれは大阪に行くな。ここは絶対大丈夫だ」と言うんです、満足そうに。大阪にいる妻と娘のことなんか考えていないんですね。別に死んだってかまわなかったんでしょう。

結局、ここには一か月もいなかったと思います。たぶん、あまりにも不便だったせいじゃないでしょうか。山道を七、八キロも下りていかないと、食料の調達もできないんですから。

何日間か私を置いて博奕に出かけていきましたから、それで負けて、金がなくなったのかもしれません。とにかく親父と私は、また大阪の家に帰ったんです。

母親は、自宅で酒と豚肉を売っていました。酒は密造のどぶろく*と焼酎《しょうちゅう》です。戦時中ですから、酒も豚肉も統制品*。勝手に売買するのは違法です。つまり闇商売なわけですが、酒も肉類もなかなか手に入らなくなっていた時期ですから、とても繁盛していた。

*高射砲（こうしゃほう）
航空機の攻撃に対応するための地対空火砲。「高射砲」というのは陸軍の呼び方で、海軍では「高角砲」といった。
*どぶろく
濁り酒。日本酒と同じように米、麴、水を原料にしているが、発酵しても濾過せず、もろみのまま飲む。
*統制品（とうせいひん）
物資の不足からくる物価上昇を抑えるため、政府が売買に制限を加えた商品。

母は捕まらないように、警察や公安の関係者を接待していました。私服の刑事や警察署長までがひっきりなしに訪れ、うちの二階で酒盛りをしていた。母にとっては一種の保険ですね。何かあったときにお目こぼしをしてもらえるという。

ところがある日、夜中に西成《にしなり》のと畜場から、丸ごと一頭仕入れた豚をリヤカーで運ぶ途中、警官に捕まってしまった。そこは西成署の管轄でした。自宅は東成にありましたから、母が接待していたのは東成署の署長や刑事です。だから、何の力にもなってもらえなかった。運が悪かったんです。

そんなわけで母は逮捕されて、一年の実刑を食らってしまった。周囲は母に同情的でした。父と一緒になってからずっと一人で生計を支えてきた母は働き者で、性格も明るかった。話し好きで気前がよく、他人の面倒をよくみていました。

だから母が捕まったとき、周囲が親父を見る目は冷たかった。本来ならお前のほうが刑務所に行くべきなのに、女房をあんな目にあわせてと、みんな思っていたようです。

親父も居づらくなったんでしょう。母が刑務所に入ると、私と姉を連れて大阪の家を出ました。

大阪は危険だと言って田舎に疎開を繰り返していた梁さんの父だったが、今度の行き先は、大都会・東京だった。昭和一九年のことである。

B29ではなく、世間の目から逃れるために、梁さんの父は家を出たのだった。梁さんと姉は、父に連れられて、日本中でもっとも危険な場所へ移ることになった。

餓死寸前で助け出された姉弟

――親父は戸や窓に板を打ちつけて、大阪の家を出ました。東京で暮らしたのは、日暮里《につぽり》の小さな一軒家です。四畳半と三畳の二間で、便所は外。家のすぐ前をどぶ川が流れていましてね。玄関の引き戸を開けて外に踏み出すと、そのどぶ川に向かって地面が傾斜している。その地面も幅がほんの少ししかないですから、雨の日なんかは、油断するとずるっと滑って川に落ちそうになるんです。

家の周囲には背丈くらいもある雑草が一面に生えていて、風が吹くとザーッと音を立てる。それが気味が悪くてね。夜なんか怖くて便所に行けなくて、バケツの中に小便してました。

引っ越してきて数日たったころ、親父は家を出ていったきり、戻ってこなくなりました。賭場で手入れを受けて捕まり、ブタ箱に入っていたんです。

梁さんの父親は結局、一か月近くも帰ってこなかった。

三歳上の姉もまだ小学生だった。親戚も知り合いもおらず、しかも戦時中である。年端のいかない子供が二人、見知らぬ都会でどうやって暮らしたのだろうか。

――飢え死に寸前までいきましたよ。

当時、食料はもう配給*の時代になっていて、外で何か食べるには外食券*というものが必要でした。僕たちも外食券はもらっていたんですが、それでもなかなか食べ物にありつけないんです。

近くにあった食堂が開くのは一二時頃なんですが、姉と僕は、いつも一〇時半くらいにはもう食堂の前にいた。いちばん前で、ずっと待っているわけです。

店が開くころには、後ろに何十人もの大人がずらっと並んでいる。で、店が開くと同時に、我先にドッとなだれ込んでいくんです。僕たちは押しのけられて、結局、食べることができない。その日に出せる食事の数は決まっていますからね。

子供だからって配慮してくれる大人なんていません。あさましいもんです。何日も食いものにありつけない姉と僕は、次第に飢えてきた。道を歩いていても、ふらふらして、目がかすんでくるんです。

近所のおじさんがそんな僕たちに気づいて、きっと見かねたんでしょう、雑炊をめぐんでくれたことがあります。それで三日くらいもったかな……。でも、そういう好意も続かないんです。みんな自分のことで必死ですから。

そのうち、姉も僕も歩けなくなって、一日中、家で寝ているようになりました。どのくらいたったのか、気がつくと、病院のベッドの上でした。

僕にはもうひとり姉がいて、当時はすでに結婚して大阪で暮らしていたんですが、その姉の夫が訪ねてきて、ぐったり横たわっている僕たちを見つけた。それで病院に入れたんです。

＊配給（はいきゅう）
統制経済の下で、国家が数量に限りのある物資を配分する制度。
＊外食券（がいしょくけん）
外食する人のために役所から配られた食券。食糧事情の悪化で、米が配給制になった一九四一（昭和一六）年四月から六大都市で始まった。

姉の夫がなぜ東京に来たかというと、うちの母に頼まれたんですね。母は一年の実刑判決を受けていたんですが、刑務所に入ったとき、実は妊娠していたんです。八か月になったころに、家で産みなさいということで釈放されたそうです。

で、家に帰ってみたら、戸や窓に板が打ちつけられていて、誰もいない。東京の日暮里にいるらしいと聞いて、姉の夫を探しに寄越したそうです。姉と僕はもう少しで餓死しそうなところを助けられました。

母は女の子を出産したが、父にとっては、男児でなければ意味がない。妻が四〇歳を過ぎて産んだ赤ん坊に、まったく興味を示さなかったという。

また大阪での暮らしが始まった。防空演習の回数が増え、学校では敵機来襲にそなえての避難訓練がひんぱんに行われるようになった。

昭和二〇年になると、空襲は激しさを増す。父親はほとんど家に居着かず、姉の夫が防空壕《ごう》を作った。空襲警報が鳴ると家族でそこに避難した。

空襲警報のサイレンの音、そして爆弾が落ちる音を、梁さんはいまでも忘れられないという。

空襲の中を逃げのびる

――まず、空襲警報発令を知らせるサイレンがウゥーン、ウゥーンと鳴る。急いで防空壕に入ると、遠いところが爆撃されている音が響いてくるんです。ドォーン、ドォーン、って。爆撃機がこちらに近づいてくると、今度は小学校の屋上で鐘が鳴らされる。カーン、カーン……。

この鐘が鳴ると、防空壕を出てどこかへ逃げないといけない。防空壕も、直撃弾を受けると危ないんです。普通の市民が作ったものなんか、それほど頑丈じゃありませんからね。防空壕を貫通した焼夷弾《しょういだん》が、中にいた人に当たって死ぬこともありました。防空壕を出て、どこに逃げるのかって？　そんなもん、わからん（笑）。みんながダーッと走っていく方に、ついていくしかないんです。

昭和二〇年六月の空襲では、梁さん一家が住んでいた東成区中道の一帯が火の海になった。

梁さんは、母、姉、生まれて間もない妹とともに、防空壕を飛び出して逃げた。長姉とその夫もいっしょだったが、父は不在だった。

——みんな、布施《ふせ》の方角に逃げていました。生駒山《いこまやま》が見える方を目指していた。当時の布施は田舎です。田畑が多くて、家が密集していない。田舎のほうが安全だと思ったんですね。僕たちの家族も、みんなが行く方向に走りました。

東成区には今里《いまざと》ロータリーという大きな交差点があります。その手前に、吉岡外科病院という病院があって、そこを通りかかったら、負傷者が道にあふれている。死んでいる人もいました。

今里ロータリーから布施方面に延びている道は、幅が広かったんです。いま、東京の僕の住まいの近くを青梅《おうめ》街道が通っていますが、そのくらいの広さがあった。だからその道をみんな走ったんですね。

僕も、生まれて間もない妹を背負った母に手をひかれて走りました。道の両側の建物が燃えていて、まるで火焔《かえん》ドームの中をくぐっているような感じです。道路の両側には焼け死んだ人たちの死体が横たわっていました。熱風にあおられて、自分も焼け死ぬのではないかと怖かった。

必死で走って、気がつくと、若江岩田《わかえいわた》にいました。畑の中に立っていた。若江岩田は近鉄線の、生駒の七～八駅手前の駅です。東成からは一〇キロ近くあります。その距離を夢中で走ってきたんですね。上の姉夫婦とは途中ではぐれていました。

昼間だったんですが、あたりは薄暗い。真っ黒い雲が、低くたれ込めていました。熱と煙のためにできた雲です。

あたり一帯が、その黒い雲におおわれていて、やがて激しい雨が降り始めました。太い雨です。そして黒い。

広島の原爆の後も、黒い雨が降ったっていうでしょう。あれも、熱と煙によって雲ができて、そこから雨が落ちてきたんだと思います。広島の場合はそこに放射能が含まれていたんだけれども。

空襲がおさまって、東成に戻ってみたら、中道のあたりは丸焼けになってしまっていた。姉夫婦は無事で、近所の人たちといっしょに焼け跡を掘って使えるものを探していると、ふらりと父が戻ってきました。女のところにいたようで、酒に酔っていました。

終戦、そして闇市に立つ

罹災《りさい》した梁さん一家は、奈良県の五條町《ごじょう》(現在の五條市)に疎開する。

和歌山線の五条駅前から一五分ほどのところにあった民家で、吉野川にかかる大きなアーチ型の鉄橋のたもとにあった。三階建てで、一階は倉庫になっており、梁さん家族が二階に、長姉夫婦が三階に住んだ。父はどこかへ行ったままで、いっしょには来なかった。梁さんは地元の国民学校に転校したが、すぐに夏休みになった。

五條は古い静かな町で、戦争中とは思えないほど穏やかだった。金剛山《こんごうさん》がよく見えた。家のすぐそばを流れる吉野川は美しい清流で、梁さんは毎日、この川で泳ぎ、魚を取ったという。

——そんな静かな町にも、一度だけ爆弾が落とされたことがありました。

そのとき、僕はいつものように川で遊んでいたんですね。そうしたら上の姉が、うちの三階の窓から必死で叫ぶんです。「帰っておいで、早く、早く!」って。家に向かって駆け出すと、上空をグラマン戦闘機が旋回していました。そして、河原すれすれのところまで急降下してきた。顔が見えましたよ、操縦している米兵の。必死で河原の土手を駆け上がって、家に続く道を走っていたら、すぐ近くでドーン！　というすさまじい音がしました。家に走り込んで三階の窓から見てみたら、近くにある理髪店が燃えていて、もうもうとした煙の中から、女の人が三、四人出てきた。そのうちの一人は、片腕が皮一枚でつながっているような状態でした。こう、だらーんとぶらさがっていて……。

あれはほんとうに怖かった。あんな田舎町になぜ爆弾を落としたのか。それも、戦争が終わる、ほんの数日前だったんです。

八月一五日の天皇の放送を、僕は聞いていません。その日、いつものように川遊びをして家に帰ろうとしたら、畑仕事をしていた隣家のおじさんに声をかけられました。「ぼうや、戦争は終わったよ」と。

この五條への疎開中に、梁さんは、一番下の妹を亡くしている。三階の窓から転落して頭を打ったのだ。疎開先の宮崎で亡くなった三歳下の妹と、まだ歩くこともできなかったこの幼い妹と、二人の妹を戦時中に失ったことになる。

戦後、梁さん一家は大阪に戻り、東成区大成《たいせい》通りの朝鮮人長屋で暮らした。母は、鶴橋《つるはし》にできた闇市で、密造酒と豚肉を売った。小学生だった梁さんも、闇市で煙草などを売ったという。父親は依然としてどこかへ行ったままである。

——闇市でおふくろは、ミカン箱を台にして、豚の頭やホルモンを肴《さかな》に、どぶろくと焼酎を売っていました。東成区と生野《いくの》区のちょうど中間にある鶴橋駅付近は、終戦直後、一大闇市でした。商売しているのはほとんど朝鮮人です。

僕は小学校から帰るとすぐに鶴橋に行き、ラッキーストライクやキャメルなどのアメリカ煙草を売っていました。一箱では高くて買えない人が多くて、バラ売りするとよく売れました。

子供でも闇市でものを売ったりするのかって？　当時の子供は何でもやりましたからね。鶴橋で煙草を売っていた子供は、僕を入れて四、五人でしょうか。元締めみたいな人がいて、そこから卸してもらって、一箱売ると何円かになった。売れるとやっぱり面白いんですよ。

働きづめで一生を終えた母

――そのうちに露天商は取り締まりが厳しくなって、おふくろは地方に買い出しに行くようになりました。全国から闇の品物を送ってくるんです。サツマイモにミカン、青森からはリンゴ……。それを僕と姉が闇市で売る。

朝五時くらいに、ふかしたサツマイモを持って闇市に行きます。早朝なのに、鶴橋の駅前には、もう人があふれていて、あっという間に売れてしまう。

とにかくものすごい活気で、あらゆるものが売られている。あちこちにもの売りが立って、「はーい、これ一円」「五円だよ」とやっている。見ていたら、片方だけの靴なんていうのもあるんです。それでも売れる。買ったのが右足だったら、べつのところで左足を見つけるんでしょう。

闇市では、トラブルもたくさんありました。縄張り争いで、もうすごいですよ。僕は巻き込まれたことはありませんが。でも、人が生きていくエネルギーにあふれた場所でした。

おふくろが四国から塩を大量に仕入れてきたこともありました。玄関先に塩の袋がいくつも積まれていたのを覚えています。塩は統制が厳しいので貴重品です。闇市で売るのではなく、どこかに転売していましたね。

それにしても、日本語のできないおふくろが一人で地方に出かけていって、いったいどうやって買い付けができたのか不思議です。買い付ける相手はみんな日本人なのに。人に聞いて回ったり、最初は誰かに連れていってもらったんだと思いますが。

終戦から一年ほどして親父が戻ってきました。それからしばらくして蒲鉾《かまぼこ》工場を始めたんですが、家には金を入れませんから、母はずっと働いていました。ヒロポンを売っていたこともあります。

ヒロポンは覚醒《かくせい》剤ですが、当時は合法で、薬局などでも手に入りました。おふくろはどこかから仕入れてきて、父がやっていた蒲鉾工場のはす向かいで売っていた。蒲鉾工場というのは、午後三時くらいから稼働して、終わるのは翌朝の五時くらい。眠くならないように、職人たちが買いに来るんです。目の前で腕を出して、パッと打つ。あのころは、普通の人がみんなやっていましたよ。女学生も来ていました、二人組とかで。いまの女子高生です。それが、僕が見ている前で打っていた。

僕、聞いたんですよ。「なんでヒロポンなんか打つの」って。そしたら「痩《や》せたいから」。戦争が終わってまだ数年のころですよ。

親父は家族のために金を使ったことがありません。僕と姉が闇市でリンゴやサツマイモを売って稼いだ金を取り上げて酒を飲むような人でしたから。蒲鉾工場は成功して、濡《ぬ》れ手《て》に粟《あわ》で莫大《ばくだい》な金を手にするんですが、それでもおふくろに一銭の金も渡さなかった。おふくろは働きづめの一生です。

おふくろはほんとうに生活力が旺盛《おうせい》で、生きていくため、子供たちを育てるために何でもやりました。

つねに前向きで、積極的。商売がうまく、働き者でした。友だちが多く、おしゃべりが大好きでね。闇商売で稼いだ金は、朝鮮服のスカートの下に袋を巻いて、その中に入れていたんですが、立ち話をしているときに、僕がそっと近づいて、スカートをめくって袋から金をとっても気がつかない。それほど話に熱中しているんです。同じ在日の女の人たちと助け合って、愚痴を言い合って、たいへんな時代を前向きに生きていたんだと思います。

おかげで僕たち子供は、あの時代でも飢えることはなく、周囲の中ではけっこう豊かな暮らしをしていました。あのころの女の人はみな強かったけれど、おふくろはやっぱり特別でした。

おふくろが幸せだったと思うか、ですか？　いや、そうではなかったと思います。苦労ばかりで……。幸せな人生ではなかったでしょう。

梁さんの母親は、癌のため六三歳で亡くなった。医師から余命がわずかであることを知らされた梁さんは、父親のもとへ行き、医療費を援助してほしいと頼んだ。しかし、「あの女が生きようと死のうと関係ない」と断られたという。

父親は七〇歳を過ぎて在日朝鮮人の帰還事業*に応じ、すべての財産を寄付して北朝鮮に渡った。その後の消息はわからないが、病死したようだという。

梁さんは、壮絶ともいえる経験を、淡々と、ときにはユーモアを交えて語った。「事実は小説より奇なり」という言葉そのままの父の人物像だが、それを梁さんは後年、みごとに小説化している。

父を語る梁さんの語り口が穏やかなのは、作品の中に怒りや恨みを昇華させたからなのか。それとも、胸の奥には、いまでも父へのわだかまりがひそんでいるのだろうか。

向かい合って長時間話を聞いた梁さんの印象は、作品の重たさとは裏腹に、意外なほど明るかった。人なつこい笑顔を見て、「梁さんはきっとお母様似なんですね」と言うと、「いや実は、体形や顔は、父に似ているんですよ」という答えが返ってきた。

*在日朝鮮人の帰還事業（ざいにちちょうせんじんのきかんじぎょう）
日本にいる朝鮮人を北朝鮮に送り出し、移住、帰国させた運動。一九五九年一二月から一九八四年まで行われ、九万三〇〇〇人以上が北朝鮮へと渡った。

出征した担任教師が戦死。これからまだまだ、
いろいろなことが起こるにちがいないと思いました。
とにかく憂鬱でした、世界が。
――福原義春

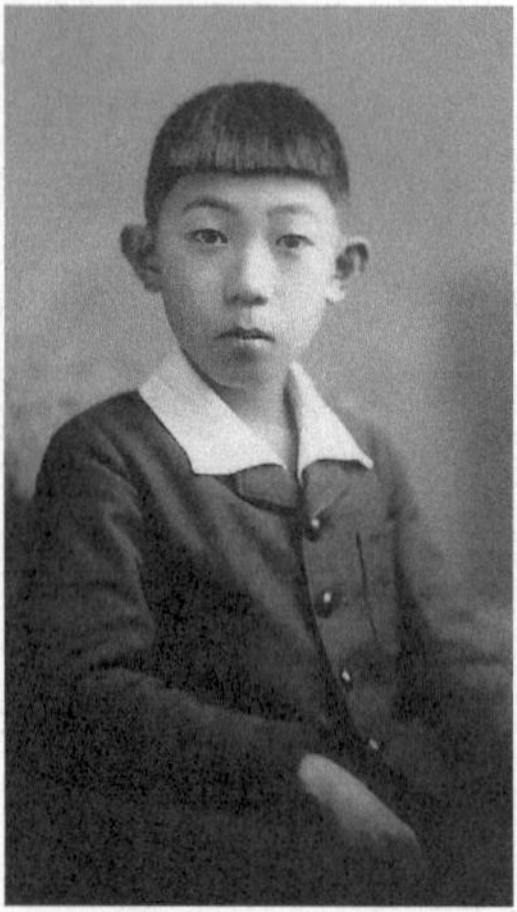

慶應幼稚舎時代。

福原義春（ふくはら・よしはる）

一九三一（昭和六）年、東京生まれ。慶應大学卒業後、資生堂に入社し、代表取締役社長、代表取締役会長をへて、現在は名誉会長。経済界きっての読書家として知られ、著書も多数ある。主な著書に『猫と小石とディアギレフ』『ぼくの複線人生』『季節を生きる』など。

柔和な表情で、おだやかに話す人である。しかしその声は、思いのほかよく通る。

聞けば、数え年六歳のころから長唄《ながうた》の稽古《けいこ》をしていたという。

福原義春《ふくはらよしはる》さんは、資生堂の創業者一族に生まれた。自宅があったのは、東京府荏原《えばら》郡上大崎《かみおおさき》長者丸。現在の品川区上大崎二丁目である。

つまり山の手育ちであるが、もともと福原家は銀座に居を構え、その地で商売を営んできた家で、下町の精神風土が受け継がれていた。数え年六歳の六月六日に芸事を始めると上達するという下町の習いにしたがって、長唄を始めた。

福原さんの父は、もともと長唄吉住《よしずみ》流の家元・小三郎《こさぶろう》の稽古場に通っていた。福原さんが入門すると、家元の弟子のお師匠さんが自宅に通ってくるようになり、福原さんと父が唄を、母が三味線を稽古したという。

稽古を始めたのは昭和一一年で、二・二六事件*のあった年である。その翌年に日中戦争が始まった。

太平洋戦争が始まったのは昭和一六年、福原さんが一〇歳のときである。やがて灯火管制が行われ、どの家も灯《あか》りにシェードをかけ、窓には黒い布を吊《つ》るすようになる。灯りが外に漏れていないか、隣組*で監視されるようになっていった。

そんなときに三味線の音が外に聞こえたら、何を言われるかわからない。通ってきていたお師匠さんも来なくなり、稽古はできなくなった。

隣組はもともと、ご近所同士が助け合って戦時を乗り切るという名目でできたものだった。しかし戦局が悪化するにつれ、互いの生活を監視する組織としての性格が強くなっていく。

「普通の家から光が漏れているくらい、ほんとうはどうってことないんですよ。いまから考えれば、ばかばかしい話です」

宝石や貴金属類はすべて供出*しなければならなかった。新聞には啓蒙《けいもう》のため、割烹《かっぽう》着《ぎ》を着た女性が先頭に立ち、リヤカーを引いてそれらを集めて歩いている絵が載った。

「そうやって集められた貴金属が戦争の役に立ったかというと、そうではありません。戦後になってわかったところでは、どうも特定の人たちのふところに入ってしまったらしい。灯火管制にしても、結局は意味がなかったんです。でも日本人って、そういうのに乗りやすいでしょう。当時、何かというと新聞に、もんぺで割烹着を着た金歯のおばさんがニコニコして出てきて、戦争に協力しましょう、みたいなことを言っていた。僕はあの写真が嫌でね。正義を振りかざして、従わないものを許さない。ほんとうに、あれはね……」

ずっと淡々と話していた福原さんが、芯から嫌そうな顔をしてそう言った。

〝非常時〟であることを理由に、隣近所で監視しあい、小さなことをあげつらう。楽しいこと、華やかで美しいもの、明るく晴れやかなものはすべてが否定された。戦争で死ぬのは人間だけではない。文化もまた殺される。文人や芸術家の多い環境

＊二・二六事件（に・にろくじけん）
一九三六（昭和一一）年、陸軍の青年将校が率いる約一五〇〇名の陸軍兵士が、首相官邸や警視庁などを襲撃し、大蔵大臣・高橋是清、内大臣・斎藤實らを殺害したクーデター事件。事件を知った昭和天皇は激怒し、三日後に反乱軍は鎮圧された。
＊隣組（となりぐみ）
太平洋戦争中、国民を統制するために作られた制度。数軒が一つの組や班を組織し、連絡事項の伝達や配給の効率化を図ると同時に、お互いを監視する役目ももっていた。
＊供出（きょうしゅつ）
国家などの要請により、民間の物資や食料を政府に提供すること。太平洋戦争中、農村では米など、都市部では貴金属などの供出が求められた。

で育った福原さんにとって、戦中は、ひたすら憂鬱《ゆううつ》で暗い日々だった。

「文化サロン」の自由な空気

――僕はひとりっ子でしてね。親戚《しんせき》にも子供はいなかったし、住んでいた家も、近所に子供のいないところだった。大人の中で育ったんです。

祖父・有信《ありのぶ》は資生堂の創業者で、父はその末っ子でした。五人の男子のうち二人は小さいころに亡くなっていて、信三《しんぞう》、信辰《のぶたつ》という二人の兄がいました。僕にとっては伯父《おじ》にあたります。

祖父の跡を継ぎ、昭和二年に株式会社化した資生堂の初代社長となった信三は、印象派風の写真を撮って作品集を出版したり、『光と其諧調《そのかいちょう》』という理論書を出版して芸術運動を起こした人です。資生堂の店の二階にギャラリーを開設して、若いアーティストを支援したりもしました。

アメリカの大学で薬学を学び、パリにも一年間ほど滞在した経験があって、この伯父の家には、さまざまなジャンルの芸術家や学者たちが出入りして、サロンのようになっていました。

ところが信三という人はたいへんに気難しいところがあって、客としょっちゅう喧《けん》嘩《か》になるわけです。そうすると、みな近くに家があった僕の父のところに逃げてくる。もうひとりの伯父の信辰は、慶應《けいおう》でフランス文学をやっていたのに、一年中着流しで、長唄のお師匠さんを奥さんにもらって、麻布《あざぶ》の笄町《こうがいちょう》に粋《いき》な格子戸の家を建てて住んでいました。

徹底した江戸趣味の人なんですが、一方で写真家としても活躍した、複雑で繊細な人でした。この人がまた、機嫌が悪くなるとピリピリして、大変だったんです。それで、この伯父の友人たちも、うちの父のところに避難してくるようになった。父は温厚な人でしたから、個性の強い伯父たちと気まずくなった人たちが、いつのまにか集まってくるようになったんですね。結局、父のところにも一種の文化サロンのようなものができたわけです。

長者丸のわが家は、伯父の信三が昭和四年に、末弟である父のために造ってくれた建物でした。

資生堂の旧本社ビルや共立講堂を手がけた建築家、前田《まえだ》健二郎《けんじろう》氏の設計で、外観は純和風の寝殿造りですが、洋間やステンドグラスの窓を取り入れた和洋折衷の家です。全室セントラルヒーティング完備で、給湯設備も完備されたモダンな家でした。しかし、戦争になってからはそれこそ設備は全く役に立たなくなりました。

その家には、画家、彫刻家、小説家、詩人、フランス文学者といった人たちが日常的に出入りし、食客のようにして暮らしている人もいました。

みな勝手に父の書棚の本を取り出して読んだり、居間で音楽を聴いたり。ジャンルのことなる人たちが、自由に芸術論や文学論をたたかわせていました。

僕は小さいときから、そういう大人たちの会話を聞いて育ったんです。かたわらに、ちょこんと座ってね。

彼らも、二人の伯父も、子供にわかるように話したりなどはしない人たちで、大人同士でむずかしい話をしているんだけれども、ずっと聞いていると、なんとなくわかってくることもある。

抽象的な概念を表す言葉って子供には理解できないんですが、たとえば「普遍的」なんていう言葉も、何度も聞いているうちに、頭にしみこんできました。交わされていた断片的なフレーズが頭に残っていて、大人になってから役に立ったりもしましたね。どちらの伯父にも子供がいなかったせいか、非常にかわいがられて、ずいぶん影響を受けました。

戦争が始まると、うちに集まっているような人たちも、自由な表現がどんどんできなくなっていったと思います。
それでも、僕のうちの中では何を語り合おうと平気だから、みんな鬱憤晴らしをしていたんじゃないかな。レコードもよく『ラ・マルセイエーズ』*をかけていました。

慶應にも忍び寄る戦争の影

灯火管制が始まってからは、楽しみはラジオを聴くことくらいになった。当時、ラジオでかかっていたのは、東海林《しょうじ》太郎《たろう》などの歌謡曲や落語で、漫才もあったという。暗い家の中でじっとして過ごす毎日が続き、福原さんは、なんともいえない暗い気分になった。

あらゆることが管理下に置かれるようになっていった当時の状況は、自由な空気の中で育った少年にとって怖ろしいものだった。この先どうなっていくかわからないが、ますます悪い方向へ行くことは確かだろうと思ったという。

*ラ・マルセイエーズ La Marseillaise
フランスの国歌。もともとはフランス革命のさなかで生まれた革命歌だった。

唯一の娯楽だったラジオも、番組の内容がどんどんつまらなくなっていき、やがて軍国主義一色となった。子供向けの雑誌も、戦意高揚のための内容ばかりになり、勇ましいばかりで中身のない空疎なものになっていった。

しかし、福原さんは軍国少年にはならなかった。

父や伯父たちは若いときから欧米の文化に触れており、戦時下でもリベラルな考え方をもっていた。戦争に勝てるとは、家族の誰も思っていなかった。

——学校でも、あの時代にあって、非常にちゃんとした教育を受けたと思います。

僕が慶應義塾の幼稚舎から普通部(旧制中学)に進んだのは、昭和一八年のことでした。すでにすっかり軍国主義一辺倒の世の中になっていましたが、慶應は、それに同調しなかった。

ただ、軍事教練というのがあって、これは学校の先生ではなくて、配属将校が担当するんです。

予備役*の軍人が指導していたんですが、慶應は軟弱な校風なので厳しくしてやろうということになったんでしょう、退役将校のほかにもうひとり、若い少尉がやってきたんです。

バリバリの現役で、ものすごく張り切っていました。僕はやせていて背も小さかったし、運動神経が鈍かったから、ずいぶん怒鳴られました。その若い少尉は、やがて出征して、気の毒にあっというまに戦死してしまいました。

残った予備役の中尉殿もけっこう威張っていましてね。慶應の生徒は動きが鈍い、なんて言われてしごかれました。

普通部のあった三田《みた》から、当時の慶應義塾大学予科校舎のある日吉《ひよし》まで、行軍訓練*で歩かされたことがあります。片道だけで半日がかり。帰りは東横線に乗りました。ゲートル*を巻き、木銃をかついでね。

このゲートルというのが、どうしてもうまく巻けないわけです。

＊予備役（よびえき）
軍隊を退いて市民生活を送っているが、有事には再び軍務に復帰する兵役のこと。
＊行軍訓練（こうぐんくんれん）
軍事教練の一種。背嚢や小銃（模擬銃）など兵士の装備をもって長距離を歩く訓練。
＊ゲートル guêtre
革や布製の帯を足首から膝の下まで巻いて着用した西洋脚絆。陸軍の兵士が使用した。

で、ずれてほどけてくるんだけど、そうすると怒られる。脚っていうのは、足首が細くて、ふくらはぎにかけて太くなっていくでしょう。だから、うまく巻けるわけがないんです（笑）。ところが本職の軍人は、きちんときれいに巻くんですよねえ。

終戦後の話ですが、この予備役の中尉殿が突然僕たちの教室にやってきたことがありました。ニコニコしながら「これからはソーセージやハムを売ります。みなさんどうか買ってください」なんて言う。手を振って教室を出て行きましたが、なんだか啞《あ》然《ぜん》としてしまいましたね。そのあと二度と顔を出すことがありませんでしたが。

あれは普通部の一年生の夏休み前だったと思います。担任で英語の担当だった伊《い》藤《とう》先生が突然教室に入ってきて、「僕はこれから出征します。さようなら」と早口で言って出て行かれた。

若い先生で、生徒に人気がありました。漱石《そうせき》の『坊っちゃん』を地でいくような人でね。浅黒くて、べらんめえ口調の。先生もきっと、たまらなかったんでしょう。後ろも見ずに去って行ってしまわれた。

それから何か月もしないうちに、中国戦線で亡くなりました。上海の上陸戦だったと聞いています。それが、身近な人の最初の戦死です。

単純に悲しいというのではなくて、納得がいかないような気持ちでした。同時に、これからまだまだ、いろいろなことが起こるにちがいないと思いましたね。とにかく憂鬱でした、世界が。

生涯でいちばん寒い冬

――そのうち学校では授業がなくなり、水道工事などに動員*されるようになりました。食べ物にも不自由するようになっていきましたね。

嗜好品《しこうひん》は自分で作るしかなくて、たとえばコーヒーなんかも家で作っていました。タンポポを摘んできて、その根をフライパンで炒《い》って焦がすんです。それをコーヒーの代わりに淹《い》れる。そんな代用品ばかりでした。

お茶もなかなか買えなくなりました。うちはもともと茶畑だったところに建っていたから、庭に一〇本くらいお茶の木があったんです。新芽が出ると、それを摘んでお

＊動員（どういん）
軍隊が戦時の編制に切り替わり、兵士を召集すること。民間人を集めて国や軍の施設などで働かせることや、物資や機関、工場などを国の管理下に置くこともこう呼ぶ。

茶にしていました。僅《わず》かしか取れませんでしたが。

ちょっと蒸して、焙烙《ほうろく》で炒るんです。するとほんとうにいい匂いがする。あれはおいしかったですね。

東京も空襲されるようになって、僕の家族は信州に疎開することになりました。普通部の二年のときです。

昭和一九年の秋、福原さんは両親とともに、長野県北西部にある温村《ゆたかむら》(現在の安曇《あずみ》野《の》市)に疎開する。

長野県には軍需工場を経営する親戚がおり、危険になってきた東京を離れて近くに来るようにと勧められたのだ。

この年、化粧品の販売が事実上不可能になった。販売停止の前日には朝から各地の化粧品販売店に行列ができ、すべて売り切れてしまったという。

化粧品の原料は配給されず、製造はできなくなった。資生堂は、包帯やマーキュロクロム液、胃腸薬、靴墨、インクなどを製造し、なんとか持ちこたえていた。

――要するに薬品屋と雑貨屋の中間みたいなことをやったわけです。それまでのノウハウを生かしてね。

本来の仕事がほとんどできない状態だったのに、会社がなんとか存続できたのは、従業員の多くが召集されたり、軍需工場などに徴用になったことも大きかった。会社は給料を払わなくていいわけですから。ええ、戦死してしまった人もいます。

僕らのちょっと上の世代は、若い兵士として戦場に行った世代でしょう。彼らはほんとうに気の毒です。資生堂でも、当時とても優秀な人がいて、僕の父なんか「あの人は将来、社長だよ」なんて言っていましたが、召集されて、インパールに連れて行かれてね。そう、インパール作戦*です。結局、帰ってきませんでした。ビルマで亡くなったそうです。

僕の父は若いころに胸を病み、逗子《ずし》の別荘での転地療養をへて回復した後は、資生堂の花部の主任になりました。もともと園芸が好きで、あらゆる花の栽培に夢中になった人なんです。

*インパール作戦（インパールさくせん）
一九四四（昭和一九）年三月から七月にかけて、北部ビルマとインドの国境地帯で戦われた日本陸軍による攻略作戦。日本軍は大敗北を喫し、兵力約八万五〇〇〇のうち三万余が戦死した。

花部は、そんな父のことを配慮した伯父の信三のアイデアで、「おいしい料理と美しい花」をキャッチフレーズに、資生堂パーラーの入口に設置され、切り花を販売していたそうです。

けれども伯父も父も、花に関して理想が高くて、いい花しか入れないものだから、仕入れ値がずいぶん高くついてしまったらしいんですね。

それで採算がとれず、また、パーラーの入口の床が濡《ぬ》れたり葉が落ちたりで、お客様が滑ってしまうおそれなどもあって、あまり長続きはしなかったようです。

父はその後、会計課の主任となりました。疎開先では、松本市内の役所に嘱託の職を得て通っていました。

疎開してまもなく冬になり、疎開先に持っていった化粧品の在庫は、みな中身が凍ってしまいました。液体が氷の柱となってキャップを押し上げるんです。キャップが次第にゆるんで、氷の柱の上に乗っかっているような状態になる。そうするともう、融《と》けて使い物になりません。中身が分離してしまって。

僕は東京から小さなバラの盆栽を持っていって、大事にそばに置いていたんですが、それも鉢の土が凍って枯れてしまいました。部屋の中に置いていた鉢が凍るほど、信州の冬は寒かった。

がらんとした農家の大部屋に荷物を積んだままで生活していたんですが、すきま風は入ってくるしね。一家三人で火鉢を囲んで黙って座っていました。とにかく、昭和一九年から二〇年にかけての冬は、ほんとうに寒かった。僕がおぼえている限りで、いちばん寒い冬でしたね。

井戸端で洗い物をする母の手は、あかぎれで真っ赤になっていました。母は、農家の人のところに着物を持っていって米と交換していました。そのおかげで米は食べられましたが、おかずは野沢菜の漬物と煮豆くらいでした。

読書三昧の日々

福原さんは、父・信義《のぶよし》氏の判断で、疎開先の学校には通わないことになった。信義氏は、都会の子供が地方の学校に行っても疎外されるばかりだからやめておけといって福原さんを説得したという。

伯父たちも、どうせこの戦争は長くは続かないから、そのうち東京に帰ることができるという意見だった。

「それに一年落第すれば、友人が倍になる。結局は得をするぞ」と信三氏は言ったという。のちになって、福原さんはその通りだったと納得することになる。持病であった小児ぜんそくの診断書をかかりつけの医師に書いてもらい、慶應義塾普通部を休学することになった。しかし、疎開先には友だちもいない。地面に落ちていた子雀を拾ってきて育てたりしていたが、やることがない。ありあまる時間を、福原さんは読書に費やすことになった。

——文学青年だった父が、蔵書のほとんどを疎開の荷物の中に入れてきていて、片端からそれを読んで過ごしました。

まずは『銭形平次《ぜにがたへいじ》捕物控』などの捕物帖や、シャーロック・ホームズもの、アレクサンドル・デュマの『三銃士』などの中学生でも楽しめるわかりやすいものから始めて、大佛次郎《おさらぎじろう》の『鞍馬天狗《くらまてんぐ》』、パール・バックの『大地』……。十何巻もある中里介山《なかざとかいざん》の『大菩薩峠《だいぼさつ》』は読みでがありました。

そのうちに中学生にはむずかしい大人の本にも手を出すようになって、メンデルの『雑種植物の研究』やダーウィンの『ビーグル号航海記』なども読みました。ルビ（ふりがな）のない本がほとんどでしたが、繰り返し読んでいると、だんだんわかってくるんですね。

昭和二〇年の春に、温村から豊科町《とよしなまち》（現在の安曇野市）に移りました。それまでは農家の離れでしたが、今度は町中に近い一軒家です。伯父の信三と信辰も近くに越してきました。

このとき信三は、緑内障のため、ほとんど視力を失った状態でした。僕は、秘書をしていた安成三郎さんと交代で、信三のために本の音読をすることになったんです。信三がうとうとしているので、眠ってしまったと思って読むのをやめると、「それから？」と催促されたりしました。

いろいろな本を音読しました。声に出して読むと、内容がよく理解できるということが、このときよくわかりましたね。いまも印象深くおぼえているのは、スヴェン・ヘディンの『彷徨《さまよ》へる湖』。ノンフィクションの面白さを知った本です。

僕の読書体験は、母が読み聞かせてくれた幼児向け雑誌『キンダーブック』から始まって、ずっと本好きな子供でしたが、毎日が読書三昧《ざんまい》だったこの疎開時代がなければ、いまのように、読書が日課になることはなかったのではないかと思います。

僕はよく、「そんなに忙しいのに、よく本を読むひまがありますね」といわれるんですが、そういうときは、「あなた、朝起きたら顔を洗うでしょう？」と答えます。忙しいからといって顔を洗わない人はいませんよね。それと同じなんです。すっかり習慣になってしまっている。朝、顔を洗わなかったら気持ちが悪いのと同じように、本を読まない一日というのは考えられないんですね。

先が見えなかった終戦直後

昭和二〇年の八月一五日を、福原さんは豊科町で迎えた。家の中で、親子三人でラジオを聞いたという。

――豊科の町は空襲の被害を受けなかったんです。二回くらいB29が来たことがありましたけれど。

敵機来襲のサイレンが鳴ったんですが、その敵機と称するものは、ずっと高いところに小さく見えるだけでね。

どこか離れたところに爆弾を落としたらしいけれども、目標を狙って落としたんじゃなくて、どこかの都市を爆撃した帰りに、機体を軽くするために落としていったんじゃないかと思います。

玉音放送のラジオは、家族で聞きました。そのころのラジオというのは、音がよくなかったんです。

やや甲高い陛下の声は、雑音まじりでよく聞きとれなかった上に、中学生にはむずかしかった。でも、戦争が終わったということはわかるわけです。

戦争が終わったことを知ったときの気持ちですか？　別にうれしくもないし、悲しくもなかった。この戦争はもうすぐ終わると、僕の周囲ではみんな思っていましたから。解放感というのも特になかったんじゃないかな。これからの生活がどうなるのか、皆目《かいもく》わからないんですから。

東京に帰れることになったんですが、それがとくにうれしいということもなかった気がします。だって、東京に帰ってどうなるということも見えないわけでしょう。

東京の自宅は焼けずに無事で、母方の叔父《おじ》が留守を預かっていてくれました。僕は家族より一足先に帰京して、しばらくは叔父夫婦と暮らしました。

九月の新学期から学校は再開された。

休学していた福原さんは、一つ下の学年になったが、伯父が言ったとおり、友人が倍になったことは人生においてプラスになったという。

慶應義塾普通部の校舎は空襲で焼けており、かつて通った幼稚舎に間借りした教室で授業が始まった。

教師たちは戦争中、軍部に迎合せず、軍国主義をとなえることもなかったので、生徒たちは失望せずにすんだという。

——戦争前も戦争中も、変わらなかった学校ですからね。戦後になってもやはり、教室の雰囲気は変わりませんでした。

戦争中に軍国主義を賛美していた教師たちが、戦争に負けたら豹変《ひょうへん》して、急に民主主義をとなえ始めたので失望したという話がよくありますが、慶應ではそんなことはまったくありませんでした。配属将校がいなくなってせいせいしましたね（笑）。

でも、戦後の僕たちが明るかったかというと、うーん、どうでしょうね。暗くもないけれど、明るくもないといった感じじゃないでしょうか。

やっぱり先が見えない感じがあるわけでしょう、敗戦直後は。普通部を卒業するころまでは、わけのわからない日々でした。世の中が混乱していましたしね。

たとえば金融緊急措置令というのが出て、預金が自由に引き出せなくなったり、物価は統制されているはずなのに物資不足でインフレが起こったり。労働者にスト権が認められたと思ったら、ゼネストが中止になるといった具合です。世の中がこんな状態で、将来に夢を持つことはできませんよね。

中学生ですからあちこち出歩くわけじゃないですし、ほとんど家と学校の往復だったから、東京の混乱を目の当たりにしたというわけではないんです。僕が生活している範囲では、とくに殺気立っている雰囲気もなかった。でも、あまりいい感じはしませんでしたね、当時の東京は。

しもやけ、シラミ、DDT

——戦後の食糧事情は、戦時中よりむしろ悪くなっていました。育ちざかりの僕たちは、お腹が空《す》いてたまらなかった。いつも空腹だと、みじめな気持ちになるものですよ。

配給されるのは、コーリャンで作った蒸しパンですが、これが本当にまずかった。くさいんですよ。すごく変な臭いがして、とても食べられたものじゃない。ほかに食べるものがないから口に入れるんですが、毎日食べていたら、喉《のど》を通らなくなってくる。茶色っぽくて見た目も汚いしね。

日本の食糧が底をついていたころ、レーションと呼ばれる米軍の軍用食の配給がありました。ソーセージからデザートのチョコレートまで、いろいろな食べ物がカーキ色の容器にコンパクトに詰め合わせてある。これがおいしくてね。

チョコレートといえば、うちに出入りしていた洗濯屋か雑貨屋かなにかの御用聞きが、進駐軍からもらったと言って、チョコレートを持ってきてくれたことがありました。くしゃくしゃになった銀紙に包んであって、もう溶けてしまっているんですが、そのチョコレートのおいしかったことと言ったら（笑）。それ以来、僕はチョコレートが好きなんです。

当時のように栄養状態が悪いと、皮膚の状態も悪くなる。信州にくらべて東京の冬はそれほど寒くないんだけれども、しもやけがひどくなってね。切れて血が出て、もっとひどくなると膿《う》んでくる。いまはしもやけなんか、ほとんどないでしょう。

それからシラミ。どこからくるのかわからないけれど、下着のところが何か変な感じがするんです。ツツッと何かが走るような感じ。で、見るといるわけ。

シラミというのは、縫い目につくんですね。下着なんかの縫い目から縫い目に移動する。そのとき、肌にツーッとくる。

手でつぶすんだけど、それがまた気持ちが悪い。いまの人はシラミ、見たことありませんよね。半透明で、ダンゴ虫を長くしたような……。

それから、疥癬《かいせん》ってご存じですか。皮膚のやわらかいところが赤くなってかゆくなる。これも、栄養状態が悪いとかかりやすい皮膚病なんですね。皮膚科に行くと硫黄《いおう》の入った軟膏《なんこう》を塗られました。たまのお風呂《ふろ》には、硫黄の粉を入れたりしましたけど、すぐには効きませんでしたね。

シラミを殺すのには、DDTという粉をかけていました。DDTはかなり毒性が強かったはずで、あれを頭から吹き付けていたというのは、いま考えると信じられませんね。人間というのは意外と強い生き物なんじゃないかと思います。

DDTの粉は、自分で買ってきてかけていました。靴墨の容器を大きくしたような平べったい容器に入って売られていましたね。


普通部の四年生になると、進路を決めなくてはいけなくなった（旧制中学は当時四年制だった）。

植物が好きだった福原さんは、漠然と生物学か遺伝学の学者になりたいと思っていた。慶應義塾に理学部はなかったので、生命科学系を学ぶことのできる医学部へ進むことを希望していたという。

しかし、父は福原さんに経済学部への進学を勧めた。一族では同世代に男子がおらず、会社の将来を考えてのことだった。福原さんは、「植物が好きなら趣味で続ければいい」と説得され、経済学部に進んだ。

静かな意志、動じない心

――ただし、経済学部に進んだからといって資生堂に入れる保証はありませんでした。父は当時、子会社の社長を務めていましたが、それは創業者の子として得た地位であって、社内での発言力が強かったわけではありません。

僕は資生堂に、入社試験を受けて入ったんです。当時、伯父の信三はすでに引退していて、資生堂の社長は、戦前、アメリカでのビジネス経験を持つ松本昇《まつもとのぼる》さんという方が務めていました。

僕が大学を卒業したのは昭和二八年ですが、資生堂が大卒の採用を始めたのは、ちょうどこの年からでした。もし僕が休学して一年遅れることなく普通に卒業していたら、採用試験を受ける機会は得られなかったことになりますね。

中学生という多感な時期に戦争の時代を過ごした福原さんにとって、その経験はどんな意味を持つのだろう。

その後の人生に戦争が与えた影響について聞くと、「何も怖れなくなりましたね」という答えが返ってきた。

「だって、これ以上悪い時代はないんだから。それでも生きているわけです、人は。だから、もう何が起きても怖れなくなりました」

福原さんと向かい合い、長時間にわたって話を聞いて感じたのは、熱狂とは無縁の静かさである。世の中や自分自身に対して、どこか醒《さ》めた、クールな視点を持っているように見えるのだ。

自分が見たもの、聞いたことを特別なものとして語ることをせず、教訓やお説教がましいことも口にしない。みずからが体験したことからさえも、一定の距離を置いているように思えた。

すぐれて知的な人は、どこか醒めているところがあるものである。財界随一の文化人として知られる福原さんは、その教養ゆえに、あるいは経営者としての経験ゆえに、クールに見えるのかと思ったが、それだけではないようにも思う。

インタビューを終えて、あらためて福原さんに関する資料を読んでいたとき、次のような文章を見つけた。数年前に雑誌に寄せたエッセイの中の一節である。

ぼくが昭和の時代に見てしまったのは、世の中の価値観ががらがら変わるのに、いつも便乗する節操のない人たち。そして社会がどう変わろうと、ひたすら上手に立ち廻ることだけを考えている主体性のない人たち。それに二、三年ごとに論調が逆転しても恬として恥じない新聞の見出しである。

多分ぼくの同世代は同じような思いを持っているに違いない。昭和一桁《ひとけた》世代が『懐疑の世代』と呼ばれることがあるのは、正にその故である。ぼくたちの世代は、今でも目の前で起こっていることを喜ばないし、悲しまないし、信じない。ある日それは突然逆のベクトルに転じることがあることを体験で知っているからだ。

（『文藝春秋』平成一七年八月臨時増刊号掲載「昭和の昔」より）

取材の最後に、福原さんが言ったことを思い出した。

「さっき怖れるものがないと言ったけれど、それは、ある意味で無感動になることなのかもしれませんね」

福原さんには数多くの著書がある。それらを読んでいると「無感動」という言葉を意外に感じるが、福原さんのいう無感動とは、うつろうものに心を動かされまいとする、静かな意志のことなのかもしれない。

ええ、私にはわかっていました。
この人たちはもうすぐ死んでいくんだって。
一度飛び立ったら還ってきてはいけないということも。
——中村メイコ

一〇歳。特攻隊慰問の時代。

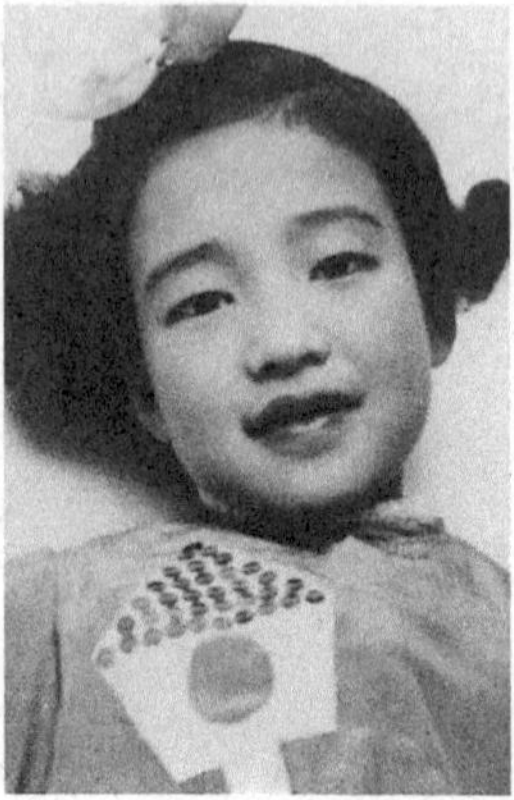

中村メイコ（なかむら・めいこ）

一九三四（昭和九）年、作家・中村正常の長女として東京に生まれる。女優。二歳八か月で映画『江戸っ子健ちゃん』でデビューし、天才子役として数多くの作品に出演。一九五七（昭和三二）年に作曲家・神津善行と結婚、一男二女をもうけ、「神津ファミリー」として親しまれる。近著に『人生の終いじたく』がある。

昭和一六年一二月八日朝。登校しようとしていた中村《なかむら》メイコさんに、父親は言った。

「今日は学校、行かんでよろしい」

この日の早朝六時、ＮＨＫラジオが臨時ニュースを告げていた。

「大本営陸海軍部、一二月八日午前六時発表。帝国陸海軍は今八日未明、西太平洋においてアメリカ、イギリス軍と戦闘状態に入れり」

日本軍がハワイの真珠湾《しんじゅわん》を奇襲攻撃し、太平洋戦争が始まったのである。

この日は月曜日だった。日本中が緒戦の大勝利に沸く中、メイコさんの父は「こんな日に学校に行ったらろくなことがない」と、一人娘を家に留め置いた。このときメイコさんは七歳、東京の市谷《いちがや》国民学校の一年生だった。

メイコさんの父は、劇作家で小説家の中村正常《まさつね》。昭和初期にデビューし、モダニズム*の旗手として注目された。独特のナンセンスユーモア作品を発表し、吉行《よしゆき》エイスケなどとともに新興芸術派の代表的作家となった人である。

メイコさんは二歳八か月でスクリーンデビューし、天才子役と呼ばれたが、デビューのきっかけは、父の正常氏といっしょに写った写真が雑誌に掲載されたことだった。今でいう「お宅訪問」の記事である。それが、横山隆一*作の人気漫画『江戸っ子健ちゃん』の映画化にあたって、主人公の友だち、フクちゃん役を探していたプロデューサーの目にとまったのだった。

正常氏は原稿の注文が引きも切らない売れっ子だったが、軍国主義にひきずられていく文壇に反発し、真珠湾攻撃のころには、一切、書くことをやめていた。

日中戦争のころから学校教育の現場も軍事色が強まっていったが、真珠湾攻撃が行われたこの年、四月に国民学校と名称を変えた小学校は、まさに軍国教育一色に染まっていた。正常氏は開戦の日の高揚した雰囲気に幼い娘をさらしたくないと思ったのだろう。事実、この日は全校生徒で神社などに必勝祈願に行った学校が全国で数多くあった。

戦時中、正常氏のように筆を折ってまで抵抗した人はごく少数だった。

戦争が長引き、国民が疲弊してくると、戦争の大義に疑問を持ち始める者は増えていった。しかし一二月八日朝の開戦の報に接したとき、多くの知識人は大衆と同じように高揚し、熱狂したのだった。

作家の伊藤整*は、翌昭和一七年二月、文芸誌『新潮』に発表した「十二月八日の記録」の中で、こう書いている。

ところが、この日、我海軍航空隊が大挙ハワイに決死的空襲を行ったというニュースを耳にすると同時に、私は急激な感動の中で、妙に静かに、ああこれでいい、これで大丈夫だ、もう決まったのだ、と安堵の念の湧くのをも覚えた。この開始された米英相手の戦争に、予想のような重っ苦しさはちっとも感じられなかった。方向をはっきりと与えられた喜びと、弾むような身の軽さとがあって、不思議であった。

＊モダニズム modernism
二〇世紀の初めに起こった芸術運動の一つ。伝統的な考え方や権威を否定し、新しく実験的な表現方法を追い求めた。
＊横山隆一（よこやま・りゅういち）
一九〇九―二〇〇一。漫画家。代表作に『フクちゃん』がある。
＊伊藤整（いとう・せい）
一九〇五―一九六九。作家。近代以降の日本の文壇を俯瞰した大著『日本文壇史』などで、評論家としても高名だった。

当時、美術界のみならず文壇でも大きな力をもっていた高村光太郎*には「十二月八日」という詩がある。それはこう始まる。

記憶せよ、十二月八日。／この日世界の歴史あらたまる。／アングロ・サクソンの主権、／この日東亜の陸と海とに否定さる。／否定するものは彼等のジャパン、／眇たる東海の国にして／また神の国たる日本なり。／そを治しめたまふ明津御神なり。

そして詩人・三好達治*の「アメリカ太平洋艦隊は全滅せり」。

ああその恫喝／ああその示威／ああその経済封鎖／ああそのABCD線／笑うべし　脂肪過多デモクラシー大統領が／飴よりもなお甘かりけん　昨夜の魂胆のことごとくは／アメリカ太平洋艦隊は全滅せり！

しかしこの日、作家・中村正常は醒《さ》めていた。
ただし、戦時中の正常氏は、冷笑的な態度で暮らしていたわけではない。強烈な反骨精神をユーモアでくるみ、大戦争のさなか、幼い娘を、とびきり明るく育てた。家庭の中が深刻な雰囲気になることを注意深く避け、なんとも風変わりなやり方で、妻子を守りぬいたのである。

「どなたか家を貸してくれませんかなー！」

メイコさんは戦前から、日本中で知らぬもののいない子役の大スターだった。そのため、戦時中は、小学生にもかかわらず、戦地への慰問*に駆り出されている。軍用機や潜水艦に乗せられ、最前線に連れて行かれた。アッツ島にもサイパン島に

＊高村光太郎（たかむら・こうたろう）
一八八三―一九五六。詩人、彫刻家。詩集に『道程』『智恵子抄』など。
＊三好達治（みよし・たつじ）
一九〇〇―一九六四。詩人。詩集に『測量船』『駱駝の瘤にまたがって』など。
＊慰問（いもん）
苦しんでいる人などを見舞うこと。戦時中は前線部隊に芸能人などが出かけて行き、持ち芸を披露して労をねぎらったが、これも「慰問」と呼んだ。

も硫黄島《いおうとう》にも行ったと聞き、私は心底驚いた。やがて、いわゆる「玉砕」、つまり全滅の運命をたどった島々である。

戦時中、この三つの島すべてに上陸した人間は軍人でもほとんどいないはずだ。そんな場所で、年端もいかない少女が歌ったというのである。

「硫黄島ですか？ くわしいことはおぼえていませんけど、何にもないところだったと思います。原っぱみたいなところの真ん中で歌った記憶がありますね」

国内の慰問では、劇場が空襲にあい、ともに舞台に立った俳優が亡くなったこともある。当時、メイコさんは「芸能人は、お客さまが全員避難してからでないと逃げてはいけない」と教えられていたという。

特攻隊の基地を慰問し、明日の命もわからない若者たちの前で歌った。学校の帰りに機銃掃射*を受け、すぐ横にいた友人が即死した経験もある。

それでも、戦時中の思い出を語るメイコさんの声にも表情にも、聴く者を辛《つら》くさせるような暗さはない。それはおそらく、この父の存在があったからなのだろうと、たくさんのエピソードに耳を傾けながら思った。

日本中のどんな子供の経験とも違う、子役スター・中村メイコの戦時中の日々。それは父と娘の、ちょっと変わった愛情物語でもある。

――市谷国民学校には三年生までいて、そのあと疎開したんです。昭和一九年のことでした。

東京にちょっとした空襲があって、父が大変おびえまして。「こんな危ないところにメイコを住まわせておきたくない」と言い出したんです。「それに僕も怖い」って(笑)。突然、母と私の前に日本地図を広げましてね。奈良県を指さして「ここへ行きますぞ」。

母はびっくりしまして、親戚《しんせき》もいないのにどうして、と訊《き》くと、「文化財がたくさんあるところをアメリカは爆撃しない」と言うんです。「それにメイコの勉強にもいい。学校で軍国教育なんかされるより、遺跡でも見学した方がずっといい」って。

母は不安だったと思うんですが、反対せずについていった。「そうね、奈良は私の憧《あこが》れの地だったし」なんて言いながら。偉い人だったと思います。

そんなわけで中村家の家族は、両手いっぱいに荷物を抱えて、見ず知らずの土地に

＊機銃掃射（きじゅうそうしゃ）
機関銃で、敵をなぎ払うように射撃すること。とくに戦闘機が地上や艦船上の敵を撃つときに使うことが多い。

ノコノコ出かけていきました。

国鉄で大阪まで出て、上本町《うえほんまち》六丁目から近鉄線に乗りました。途中、鵄邑《とびのむら》という駅がありまして、いまは富雄《とみお》というんですが、そこで父が「おーい、ここで降りますぞ」。

風景が何とものどかで、よさそうなところだからという、ただそれだけの理由です。その昔、神武天皇が行幸されたときに、トンビが飛んできて肩にとまったという故事のある由緒ある村でした。

父はその駅のプラットホームで、「どなたか家を貸してくれるかた、おられませんかなー!」と怒鳴ったんです。そのころの日本のお父さんというのは、ゲートルを巻いて、リュックを背負って、小さいメガフォンみたいなのを首からぶら下げていたんです。メガフォンは、空襲警報が出たときなんかに、「退避!」とか「防空壕《ごう》に入ってくださーい」なんて指示を出すためのものです。

そのメガフォンを口に当てて、三回くらい怒鳴ったかしら。「うち、いいですよ。どうぞ」と言ってくださる方が現れたんです。嘘みたいな話でしょ。水野さんとおっしゃって、そこのお家の離れを貸していただけることになりました。

東京で住んでいた家より広くて、立派な一軒家でした。お隣が小学校で、私はそこに通うことになったんです。富雄北国民学校という学校でした。

母の稼ぎで暮らす

小学生ながら〝芸能人〟であり、戦時中も慰問の仕事があったメイコさんは、パーマをかけた髪に、大きなリボンをつけて登校した。

——仕事があったからというより、母の趣味でそういう恰好《かっこう》をしていたんだと思います。私におしゃれさせたかったのね。

母は洋裁が得意で、センスも良かったから、奈良に疎開してからは、農家の方たちの着るものを仕立てさせてもらって収入源にしていました。

母は戦時中もモンペを拒否してスラックスをはいていたんですが、それを見た農家の奥さんたちが「あんなメイコちゃんのおかあちゃんみたいなの、はきたいわあ」って（笑）。やっぱりみんな、おしゃれがしたかったのね。

母は奥さんたちがはいているモンペを「ここをこうするとスラックスっぽくなるわよ」なんて直したりして稼いでいました。着物をつぶしてブラウスを仕立てたりもしていましたね。

母は社交的で快活な人で、生活力も旺盛《おうせい》。戦争で父が筆を折ってからずっと、生活を支えたのは母でした。

父は、母に「僕は仕事をやめるから」と断筆宣言をしたとき、こう言ったんですって。

「僕はペンより重いものを持ったことがないから、ほかの仕事をやってもうまくいかないだろう。無理をしてヘタに身体をこわしたり借金を作ったりしたら、家族みんなが不幸になる。身体も丈夫で、如才なくて、教養もあるキミが、これからは稼いでくれ」

母はこれを見事に受けて立ったんです。それまで作家である父の秘書をしていた母は、新聞記者のまねごとのようなアルバイトをしたり、洋裁をしたり、喫茶店を開いたりして稼ぎました。戦後の大変なときは、文壇の方たちが集まるバーに勤めたり。

母は女学校を出た後、役者を志して新劇の研究生になった人です。父は昭和初期に、岸田《きしだ》國士《くにお》さんや今日出海《こんひでみ》さん、画家の東郷青児《とうごうせいじ》さんなどといっしょに「蝙蝠《こうもり》座」という劇団を旗揚げしました。そこで、役者の卵だった母と出会ったんですね。

父の言うとおり、母には社会に出てお金を稼ぐ力があった。けっこう大変だったたんじゃないかとも思うんですが、いつも生き生きして楽しそうでした。

父はほんとに働きませんでしたねぇ（笑）。奈良に疎開する前、両親は早稲田大学の近くで小さな喫茶店をやっていましたが、父は文学青年たちと文学談義をするばっかりで。若い人たちが集まれる場所を作りたかったのかもしれませんね。

初めのころは喫茶店にはお砂糖の配給があったんです。父は学生さんたちに「キミたち、大人のいい男というのは、コーヒーに砂糖なんか入れたりしないものですぞ。ブラックのほうが断然カッコイイのですぞ」なんて言って、なるべくためておくんです。それを疎開のときに持っていったんですね。お米やなんかと交換して、それでしばらく一家は生きのびられたんじゃないでしょうか。

ええ、私は子供と言っても芸能人ですから、収入がありました。でも、うちの両親は最初から最後まで、私が稼いだお金を自分たちの生活に使うということを絶対にしませんでした。

芸能界って普通の基準よりたくさんお金がいただけるわけでしょう。父は、子供がそんなにたくさん稼ぐのはおかしいと言って、出演料は品物でいただくと決めちゃった。

小さいときはアンデルセン全集とかグリム童話全集。あとはビロードの服や、エナメルの靴などですね。高校を出るくらいまでは、そうやってお金の代わりに物でもらっていました。戦争が激しくなって物資がなくなると、出演料をお砂糖でいただくようにお願いしたりしましたね。

慰問の足袋は「ここノモンハン」

両親が経営する喫茶店に集まっていた学生たちは、やがて学徒出陣*で出征することになる。普段はむずかしい議論をたたかわせている彼らが、出征前に歌っていたのは、当時流行していた歌謡曲『勘太郎《かんたろう》月夜《づきよ》唄《うた》』だったという。

「影かぁ柳かぁ～　勘太郎さぁん～か～」と、酒を飲み、手を叩《たた》きながら、大声で歌っていたのをメイコさんはおぼえている。どことなく捨て鉢で、やけっぱちの歌声。

正常氏はそんな学生の肩を叩いて言った。

「おい、絶対に死んではいかんぞ。ズルしてもインチキしてもいいから、部隊長殿の目を盗んで、なるべく危険に身をさらすなよ。かならず帰ってこい」

この父がいなければ、自分もきっと軍国少女になっていただろうとメイコさんは言う。

実は正常氏は、日中戦争のとき、新聞社の特派記者として戦場に駆り出された経験があった。当時、林芙美子《はやしふみこ》、菊池寛《きくちかん》、吉屋信子《よしやのぶこ》などの著名な作家、そして若いころ正常氏が師事していた劇作家の岸田國士なども報道班員として大陸に渡っている。

――そのころの父は読売新聞社の嘱託をしていて、しょうがなかったんでしょうね。嫌々行ったらしいです。そこでたぶん、戦争のむごたらしさを見たんでしょう。

当時は愛国主義的なものや戦意高揚をうたったものでなければ書く場がない時代。戦争とは関係ないものを細々と書いていた父は、やがて、完全に筆を折りました。文学仲間だった獅子文六《ししぶんろく》さんが『海軍』という小説を書きはじめたころのことです。あの岩田（獅子文六さんの本名）までがと思い、当時の風潮にほとほと嫌気がさしたんでしょう。

画家の藤田《ふじた》嗣治《つぐはる》さんとは親友のようにつきあっていたんですが、彼が戦争画を描い

＊学徒出陣（がくとしゅつじん）
兵力の不足により、一九四三（昭和一八）年一二月から、文科系および一部理科系の学生の徴兵猶予を取り消し、学生の身分のまま陸海軍に入隊させ、戦争に参加させたこと。

たときには、「何でこんな仕事をするんだ！」と本気で喧嘩《けんか》したといいます。

じゃあ筆を折る前、中国大陸に送られたときは従軍記者らしい原稿を書いていたかというと、これがそうじゃないんです。すごくヘンな、ばかばかしいものを書いていた。

父はノモンハン*に送られたんですが、そこに慰問袋*が届いて、中に懐かしい日本の足袋《たび》が入っていた。兵隊さんたちは涙を流して喜んだという記事なんですが、最後はこんなふうに終わっているんです。

その足袋は何文《もん》だったかというと――ほら、当時の足袋のサイズの単位はセンチじゃなくて〝文〟でしょう――九文半だった。その心は、ここの（九）もん（文）はん（半）、つまり「ここノモンハン」。

私、あとでそれ読んで「よく戦場でこんなこと書いてたわねえ。大丈夫だったの？」って言って笑いました。しょうがないからそんなことを書いてお茶を濁していたんでしょうね（笑）。

ナンセンスユーモア作家の面目躍如といったところだが、正常氏のしたことは、軍の意向に沿った勇ましい文章を書くことを拒否したということであり、このユーモアはほとんど命がけのものである。〝ここノモンハン〟のばかばかしさこそが、まじめくさった軍部への批判であり、大いなる反骨だったのだ。

「答えをひとつに絞ると人生は息苦しいよ」

――父はとてもダンディな人でした。疎開先の富雄村でもガウンを羽織って、食べるものがサツマイモしかなくなっても、きちんとお皿に載せて、ナイフとフォークでいただいていましたね。ええ、畑仕事なんかしませんでした。

父は働かなかった代わりに、私を教育しようとしたんでしょう。あるとき、こんな

＊ノモンハン
満洲国とモンゴル人民共和国の国境付近の地名。一九三九（昭和一四）年、この地において、満洲を支配していた日本軍と、モンゴルと相互援助協定を結んでいたソ連軍との間で、大規模な武力衝突（ノモンハン事件）が起こった。

＊慰問袋（いもんぶくろ）
前線の兵士をねぎらうために、日用品や家族からの手紙のほか、さまざまな品物を入れて送った袋。

ことがありました。小学校では毎日、日記をつけさせられていたんですが、それを横から父が読むわけです。

そこには「今日も銃後を守る私たちは、戦地の兵隊さんのことを思って一生懸命お芋掘りをいたしました。楽しい汗でした」なんて書いてある。私、調子のいい子供でしたから（笑）。

「キミは相当嘘つきだねぇ」と父。「今日もお芋掘りでいやんなっちゃう、なんて、いつもブーブー文句言ってるくせに、全然反対のことを書いてるじゃないか」って。

「こんなふうに書かないと、学校というのはいろいろつらいことがあるのよ」と私が説明すると、父はにっこり笑って「うんそうか。わかった、それもいい経験だ。では毎日二冊、日記をつけなさい。一冊は学校提出用、一冊は自分が本当に思ったことを正直に書くんだ」。

そのときから私、ほんとうの日記と嘘の日記の二冊をつけ始めたんです。

月の終わりに、父が両方を読みくらべて言いました。

「これは後年、いいデータになりますぞ。人間というものがどのくらい嘘がつけるか、よーくわかって面白いぞ」

そして笑って付け加えました。「教えてあげましょう、これを世間では二重帳簿といいます」って。

父はこのとき、日記は大切な記録なのだから、自分の気持ちだけでなく、天気とその日の大きなニュース、そして身の回りであった出来事を正確に書いておくように言いました。やはりものを書く人ですね。

後になって気づいたんですが、父の教育は、ものすごくユニークでした。子供にオリジナルな人生を歩んでほしいと思っていたんでしょう。

あるとき私が「夕焼けって、どうして空が赤くなるの」と訊いたら、「空が恥ずかしがってるんだよ」と答えました。試験の答案にそう書いたらバツがついて返ってきたから「なんでこんな嘘を教えたのよ！」って言うと、「嘘じゃないよ」と平気な顔をしてる。

学校の先生が言うことと違うじゃないのと反論すると「どっちも嘘じゃないよ。ほんとうのことはひとつじゃないんだ」って言うんです。

「いいかメイコ。答えをひとつに絞ると、人生は息苦しいよ。いろんな人がいろんな答えをもっていて、それを出しあって、世の中が成り立っていくのが一番いいんだ」

ね、へんな父親でしょう（笑）。

明治生まれの文士の懐の深さを見るようである。反戦主義者といっても、肩肘《かたひじ》張った正義派がもつある種の「狭さ」とは無縁の人だったことがわかる。

「答えをひとつに絞ると息苦しくなる」という言葉は、皆が同じ方向を向き、一斉に流されていった当時の風潮への批判だったのかもしれない。

メイコさんは算数が大の苦手だった。落第点を取り、なぜ自分はこんなに算数が嫌いなんだろうと落ち込んでいると、「悩むな、悩むな。いいじゃないか、足し算と引き算だけできれば」となぐさめ、「嫌いなことは追究しないほうがいいんだよ。追究すると、ますます嫌いになるから」と言ったという。

硬直した精神を嫌った父のもとで、戦時中ながら、メイコさんはのびのびと育った。

「お庭の桜が咲きました　赤い花びらふたつみつ」

――疎開の前後から、軍隊の慰問の仕事が入ってくるようになりました。映画会社の東宝に、軍が「中村メイコを貸してほしい」と言ってきて。

私は「出たくない作品には出なくてすむように」という父の方針で、どこの専属にもなっていませんでした。でも東宝の仕事が多かったので、東宝を通じて依頼が来た。

依頼といっても、ほかの仕事と違って、断ることは許されません。父は大反対でしたけど、行かないわけにはいかないんです。

当時は、どこへ連れていかれるのか教えてもらえなくて、あとで聞いたら、玉砕前のアッツ島だったり、硫黄島だったりしました。

ええ、わからないんですよ、行き先は。たいていは軍用機で行くんですけど、離陸のときと着陸のときは目隠しをされるんです。母と二人、座席もなにもないがらんどうの軍用機に乗せられて。

潜水艦に乗って上海に行ったこともありました。海軍の大きな基地があったトラック島にも行きましたし、戦後だいぶたってからサイパン島に行ったら、案内してくださった島民の方が私のブロマイドをもっていて、「戦時中に中村メイコが島に来た」と言われたこともあります。あら私、ここにも来てたのねって思いましたね。

生まれて初めて乗った飛行機が軍用機で、船が潜水艦だった女の人なんて、珍しいんじゃないかしら。

慰問先では軍歌を歌うようにというのが、軍からの要望でした。でも父が「軍歌はよせ、歌うな」と言うんです。

「意味のわからない難しい歌詞を丸暗記して歌っても、人様を感動させることはできないよ。キミは小さくても女優さんだろう？　自分が理解し、納得したものを表現しなさい」

そう言って、何を歌いたいか私に訊くんです。私は「じゃあ、『ダイナ』がいい」と答えました。

『ダイナ』はディック・ミネさんが歌って戦前に大ヒットしたアメリカのラブソングです。父はさすがに困った顔をして「あれはちょっとご遠慮しとけ。いま戦ってる国の歌だからな」って（笑）。

それで『赤とんぼ』や『靴が鳴る』などの子供の歌を歌ったんですが、「オリジナルも歌ったらどうか」と、父が作詞した歌も歌うことにしたんです。作曲は私の国民学校の音楽の先生にお願いして。

いまもよく覚えてますよ。「お庭の桜が咲きました／遠い戦地のお兄さん／赤い花びらふたつみつ／日本の春をおくります」なんていう歌詞でした。

この歌を聴いて、兵隊さんたちは泣きました。私、特攻隊の慰問が多かったんです。鹿児島県の知覧《ちらん》にあった特攻基地にも行きました。

特攻隊員は皆、子供に会いたがったんですって。この子たちの未来のために死んでいくのだと思うことで、自分たちの死にも意味があると思いたかったのではないでしょうか。いろんな欲はもうなくなって、虚無的になっている彼らを奮い立たせるには、小さな子供に会わせるのが効果的だと、軍は考えたんだと思います。だから私のような子供が呼ばれたんですね。

ええ、私にはわかっていました。この人たちはもうすぐ死んでいくんだって。一度飛び立ったら還《かえ》ってきてはいけないということも、母から聞いて知りました。ほんとにね、悲しかったです。

終戦のとき、私、ワンワン泣いたりはしなかったんです。戦争に負けたことそのものが悲しいということはありませんでしたし。でも、この間——ほんとうについこの間でしたから——慰問したあのお兄ちゃんたちの死が無駄になったんだと思った途端に、涙がぽろぽろこぼれました。

慰問先で、メイコさん母子は、兵士たちからよく手紙を預かったという。「内地に帰ったらポストに入れてください」と頼まれた。

戦時中、前線の部隊に取材に行った記者やカメラマンなどは、内地への手紙を託されることが多かったと聞く。早く確実に届けたいということもあったろうが、その多くは、検閲を避けるためだったのだろう。

宛名は女性名のことが多かった。「お母さんかお姉さんか……恋人だったのかもしれないですね」とメイコさんは言う。母が、緊張した手つきで大事そうにポストに入れていたのをおぼえているという。

「防空壕をつぶして『あお』という字を書いてみようよ」

昭和二〇年八月一五日を、メイコさん一家は奈良県の疎開先で迎えた。ラジオから流れる玉音放送は雑音ばかりで聞き取れなかったが、父から戦争が終わったと教えられた。

メイコさんの母は、放送を聞いて泣いていたかと思うと、白いシャツに白いズボン、白い鉢巻きという恰好に着替え、手に出刃包丁をもって、悲壮な顔つきで正座した。

「母は軍国主義者でも何でもなかったんですけど、戦争に負けたら、女たちはアメリカ軍に辱《はずかし》められると戦時中ずっと言われていたから、本気でおびえたみたいです」

父がカラカラと笑い、「ばかげたことをするもんじゃない。僕たちが待ちに待った日がきたんですぞ」と言うと、母はつきものが落ちたようになったという。

父はメイコさんを庭に連れ出した。そこには、疎開して大分たってから「一応掘っとくか」と言って掘り始め、その日の朝にやっと完成したばかりの小さな防空壕があった。

五年生になっていたメイコさんは、せっかくだからと、一人がやっと入れるくらいのその防空壕に入ってみた。父は苦笑して、「メイコ、今日は暑いなあ」と言った。

その日はよく晴れていて、頭上には澄んだ青空が広がっていた。正常氏は、メイコさんに言ったという。

「あおという色をあらわす言葉はいくつある？　青春の青もあるし、藍色《あい》の藍もあるね。キミもそろそろ漢字が書ける歳だから、考えてごらん。その防空壕をつぶして、ありったけの釘《くぎ》で、土の上にあおという字を書いてみようよ」

――父は『私の青空』っていうジャズの曲が大好きだったんです。戦争が終わって平和な時代がやってくるのがうれしくて、あのとき、心の中にも青空が広がっていたんじゃないかしら。

終戦後しばらくすると、今度は私、進駐軍の慰問に行くことになるんです。すごいでしょ。この間まで特攻隊の隊員さんたちの前で童謡を歌っていたのが、その舌の根も乾かないうちに、母が耳でおぼえて一生懸命カタカナに写した『ユー・アー・マイ・サンシャイン』なんかを歌ってたんですから。

そうです、これも進駐軍からの要請です。横浜とか府中《ふちゅう》とか座間《ざま》とかの米軍キャンプに行きました。私が歌うと、もう、やんやの大喝采《だいかっさい》。アメリカの軍人さんたちも、子供が好きなんですね。故郷を離れて、彼らにとっては外国である日本に進駐しているわけで、みんな家族が恋しいんです。

食糧事情が悪い時期ですから、ごちそうが食べられるのがうれしかったですね。コカ・コーラもはじめて飲みました。きっと誰より早く飲んだんじゃないかしら。チューインガムにハーシーのチョコレートにコンビーフ……。父は開戦のときから「こんな戦争に勝てるわけがない」と言い続けてきたんですけど、「梅干し一個でこんな国と戦ってたんだもん、そりゃあ負けるよなあ」と思いました。

進駐軍の慰問のとき、私、GI*の恰好をして歌ったんですよ。母の手作りの服です。「こういうのが喜ばれるんじゃない？」と言って、見よう見まねで縫っていました。敗戦を知るや、白装束に着替えて「辱めを受ける前に死にましょう」なんて言っていた母なのに、この見事な切り替え（笑）。

でも、時代に翻弄《ほんろう》されながらも、そうやって臨機応変にたくましく生き抜いた母がいたから、うちの家族は生きてこられたのかもしれません。

そりゃあ反戦を貫いた父は立派です。でも、世の中の動きにかたくなに背を向けて、自分を切り替えることができなかった人だという言い方もできますよね。

結局父は、戦争が終わって自由な時代になっても、一編の小説も書くことがありませんでした。

大衆向けの娯楽雑誌がたくさんできたんですが、いくらお金になっても、そういうところで要領よく仕事をすることができなかったんでしょう。純文学の硬い雑誌にちょっと随筆を書いたりして、あいかわらずすべての稼ぎは女房にまかせて、あとは昼寝をしていました。

私、そのころ母に言ったことがあるんです。「戦争を礼賛するのは嫌だと言って筆を折ったのは、筋が通っているからいい。でも戦争は終わったんだから、いつまでも女房に稼がせていないで、エロ小説だって何だって書けばいいじゃないの」って。

私ももう一五歳くらいになっていましたから、思春期で生意気盛りだったんですね。

母は、質屋通いをし、あるときは身の回りのものを売ってお金に換えるような苦し

*GI
アメリカ兵の俗称。

い生活の中で、いつも父の書斎をきちんと整え、原稿用紙と、ペリカンやモンブランなどの上等な万年筆を机の上に用意していました。そんな姿を見ていて、何だか腹が立っちゃったのね。

そうしたら母は「パパは私のダンナなんだから、余計なこと言わないでちょうだい」って怖い顔で言うんです。

「そりゃあ作品の数は少ないかもしれない。でも私は、自分の書きたいものだけを書いている人といっしょにいたいの。それに私は働くことがちっとも嫌じゃない。家の中に閉じこめられていたら、ヒスを起こして、あなたにとっても嫌なお母さんになっていたかもしれないのよ」

いやあ、参りました。私の夫は作曲家ですけど、尻《しり》を叩いて「もっと稼げ、もっと稼げ」って言ってますから（笑）。やっぱり母は偉いです。

「キミに涙は似合いませんぞ」

戦後もメイコさんは女優、歌手として活躍。超多忙な売れっ子だった二〇歳で婚約し、二三歳で結婚した。夫となったのは作曲家の神津《こうづ》善行《よしゆき》氏である。家庭と仕事を両立させ、三人の子供を育てた。

父・正常氏が亡くなったのは、昭和五六年のことである。

——父は戦後、ずーっと定職をもたずに暮らしていて、うちにいるときはほとんど寝っ転がっていたんです。私が癪《しゃく》にさわって「どうしていつもゴロゴロしてるのよ？」と言うと、「こうしておくことが、ころりとうまく死ぬコツだ」と言うんです。「僕は大して力もないし、身体を鍛えてないから、頑張ると病気になる。もしそうって入院でもしたら、まあ三人部屋くらいがちょうどいいくらいの暮らし向きだ。しかし、キミは有名になりすぎた。あの中村メイコの父親が三人部屋に入れられていると週刊誌が書くぞ。当たり前のことなのに、さもキミがひどい女みたいにな。そうならないためには、病気をしないのが一番いい。枯れ木がポキッと折れるようにうまく死んでみせるために、毎日無理をせず身体を休めているんだ」

何なのそのリクツ、と思ったんですけど、本当にそんなふうになった。生まれて初めての入院で、一週間くらいで、ぽこっと死んじゃったんです。敗血症でね。ちょうど八〇歳でした。

父が入院したとき、私、仕事でアメリカに行かなきゃならなかったんです。初めての入院だから、仕事をキャンセルしてついててあげようかと言ったら、「何を言うか。キミはアクトレスだろう。行きたまえ」って私を送り出した。だから私は父の死に目にあっていないんです。

これは父からの大きなプレゼントだったと思っています。私、ものすごく怖がりなんです。だから愛する父の最後の修羅場を見なかったことは救いなんですね。晩年までペンシルストライプのスーツにソフト帽をかぶって、ステッキをついていたダンディな父しか私の記憶にはない。それが本当にありがたいの。

最後はやっぱり、電気ショックとかやったらしいんです。心臓にバーンとやるの、あるでしょう。すごく怖かったと母が言ってました。「あんたなんかいたら気絶してたわよ」って。

いちばんつらくて怖い思いを私にさせずに、あの世に旅立った。さすがだなあと思います。

最期のときに立ち会った夫の神津善行さんは、正常氏にこう約束した。

「大事な娘さんを長年拝借しました。メイコはあなたのお墓に入れます。お返ししますよ」

正常氏はうれしそうな顔でにっこり笑ったという。

――亡くなったあと、金銭にまったく無頓着《むとんちゃく》だったはずの父のベッドの下から、小さな安っぽい金庫が見つかったんです。

母が「あら珍しい。少しくらいはお金が入っているのかしら」と開けてみたら、中身は色紙が三枚。作家のくせに下手くそな字で、辞世の句みたいなものや、そのほかいろいろなことが母宛てに書いてあって、私には「眠らばや落ち葉をはらうことなかれ」とありました。自分はゆっくり眠りたいから、お墓につもった落ち葉をはらったりしないでくれ、ということね。

もう自分は死んでしまったんだから、「なんで戦争ものを書かなかったの」とか「なんで奥さんを働かせて自分は働かなかったの」とか、ごちゃごちゃ言わないでくれということなんでしょう。

父は自分の生き方について言い訳や弁明を一度もしなかったので、これを読んだとき、父らしくてちょっとかっこいいな、と思いました。

その後、イギリスに行ったときのことです。父が大好きだったシェイクスピアのお墓に詣《もう》でたら、似たようなことが英語で書いてあるじゃないですか。

なーんだ、パクリじゃん！　って笑っちゃいました。まあそれも父らしいんですが。

戦時中、父親たちはそれぞれに家族を守るために奮闘した。正常氏のエピソードを聞いていると、その闘い方は実にさまざまだったのだなあと、あらためて思う。

作家にとっては、書くこと、書きつづけることが命である。かならずしも好戦的でも軍国主義的でもなかった作家たちが、時局に沿う作品に筆を染めていったのも、筆を断つことが作家にとって死にひとしく、また、文名が忘れ去られるのが何にも増して耐え難いことだからだ。だからこそ、書くことを一切やめる行為は、作家にとって、もっとも過激な抵抗なのである。

いちど筆を断った作家が再び書きはじめることは容易ではない。しかも、戦争が終わって自由に書ける条件が揃ったとき、時代は大きく変わり、文壇の潮流も、戦前とはまったく違ってしまっていた。正常氏の心中を推し量ることはできないが、葛藤《かっとう》があったに違いない。作家としては無念さの残る人生だったかもしれない。

しかし、父として、無類《むな》のユーモアと包容力、そして時代を見通す鋭い目をもって、戦争がもたらす暗さや虚しさから家族を守ったことは確かである。

子供ならば見なくてもいい戦争の悲しみや不条理を、幼くしてスターだったメイコさんは、たくさん見なくてはならなかったはずだ。けれども、当時の話をする彼女には、こちらが励まされ、元気をもらうほどの明るさと前向きさがある。

喜劇女優として開花した彼女の明るさは天性のものといわれるが、人が生まれもった明るさを保ち続けることは、そう簡単なことではない。彼女のそれは、父と母によって守られてきたものなのだろう。

メイコさんは、長ずるにつれてそのことを自覚し、みずからの明るさを懸命に守ってきたのではないだろうか。両親からのかけがえのない贈りものを損なわないために。

正常氏はいつもメイコさんに「キミに涙は似合いませんぞ」と言っていたそうだ。

「……涙が似合うのは、美女だけですからな」と。

作家・中村正常の小説は残念ながら読んだことがないが、一人娘の中村メイコこそが、彼の残した最良の作品なのではないか。笑いの絶えなかった長いインタビューのあとで、そう思った。

終戦後の大連ではコックリさんが大流行しました。
大の大人が「コックリさん、コックリさん、
私たちはいつ帰れますでしょうか」とやる。
――山田洋次

山田洋次（やまだ・ようじ）

一九三一（昭和六）年、大阪府豊中市生まれ。映画監督、脚本家。東京大学卒業後、松竹に入社。一九六一（昭和三六）年、『二階の他人』で監督デビュー。『男はつらいよ』が大ヒットし、シリーズ四八本を製作、日本を代表する映画監督といわれる。その他の作品に『家族』、『学校』シリーズ、『たそがれ清兵衛』『武士の一分』『母べえ』『おとうと』など。

両親、二児、叔母と。本人右端。

大連《だいれん》は、中国の遼寧省《りょうねい》にある都市である。かつて、日露戦争に勝利した日本がロシアから租借権*を得て開発、パリを手本にして建設されたともいわれる美しい街だ。映画監督の山田洋次《やまだようじ》さんは、ここ大連で終戦を迎えている。当時一三歳。旧制大連第一中学の二年生だった。

山田さんの父・正氏はもともと、大阪にあった機関車製造会社のエンジニアで、山田さんが二歳のとき、満鉄（南満洲鉄道株式会社）に転職した。満鉄は、一九〇六（明治三九）年から四五（昭和二〇）年まで満洲にあった日本の鉄道会社で、満洲を代表する大企業である。

以来、一家は奉天《ほうてん》（現在の瀋陽《しんよう》）、ハルビン、新京《しんきょう》（現在の長春《ちょうしゅん》）など、旧満洲各地の都市で暮らした。内地で生活したのは、父が東京に転勤になった九歳から一二歳までの三年間だけである。

父の最後の赴任地となった大連に一家が引っ越してきたのは昭和一九年のことだった。それから昭和二〇年八月の敗戦を経て、昭和二二年に日本に引き揚げるまでを、この街で過ごした。

かつて暮らした大連の街で

二〇一〇年の一〇月、山田さんは大連を訪れた。戦時中に家族五人で暮らしていた家が、街の中にまだ残っている。

もともとはロシア人が作った、レンガの頑丈な建物である。比較的広い部屋が八つか九つある大きな家で、現在は中国人五、六世帯が暮らしている。

家の建物の前にたたずんでいたら、中国人の老女が声をかけてきた。山田さんが、昔ここに住んでいたことがあると言うと、「じゃあぜひお入りください」と、中に招じ入れてくれたという。

その老女が暮らすのは、山田さんの一家がかつて応接間として使っていた部屋だった。老女は以前はこの部屋で家族とともに生活していたらしいが、現在は一人暮らしのようだった。

その部屋にはかつてマントルピースがあり、ビクター社製の大きな電気蓄音機があった。山田さんの父はクラシック音楽ファンで、棚には*SPレコードのケースがずらりと並んでいたという。

満洲は、そこで暮らす日本人にとっては、内地よりもずっと豊かな場所だった。とくに満鉄の社員といえばエリートであり、待遇の良さで知られていた。

老女はお茶をご馳走《ちそう》してくれた。部屋に椅子やソファはなく、ベッドに腰かけて話をした。日本が戦争に負けたころはどこにいたのかと山田さんが訊《き》くと、彼女はここ大連にいたと答えた。

「私は二歳のときからずっと、この街で暮らしています」

それを聞いて山田さんはどきっとした。この老女は自分より少し年上だろう。戦時中は若い娘だったはずだ。当時、この街に住む中国の人たちが、どんなに貧しく苦しい生活をしていたかがよみがえってきたのだ。

日本人は安い賃金で中国人を雇い、きつい肉体労働や手足の汚れる仕事をさせてい

＊租借権（そしゃくけん）
他国の領土内に特別に一定期間土地を借り受ける権利。
＊ＳＰレコード
旧式のレコードで、一分間七八回転が特徴。一枚に収録できる演奏は五分程度だった。

た。大連の冬は寒さが厳しいが、多くの中国人はそんな中で着るものもろくにないような状態だった。

下水道なども整備されていなかったため、中国人の暮らす界隈《かいわい》は臭かった。自分が暖炉のある広いこの家で暮らしていたころ、この人は、同じ大連の街のどこかで、つらい思いをしていたに違いない――。

しかし、少年時代の山田さんは、そうしたことに思いが至らなかったという。

「日本人は、中国人の土地に植民者として入り込んで、豊かな生活を享受していた。そして、中国人というのは貧しくて、汚くて、頭も悪いという、ひどい差別意識を持っていたんです。中学生だった僕も、なにも考えず、そういう差別の上にあぐらをかいていた。あのころ、街で中国人の子供を見かけたときに、侮蔑《ぶべつ》のような気持ちを抱いていたことを思い出しましてね。……そのおばあさんの手を取って謝りたい気持ちになりました」

開放的だった満洲の空気

山田さんが戦後の大連を訪ねたのは、このときが初めてではない。

中国では、八〇年代初頭に封切られた『遙《はる》かなる山の呼び声』がヒットし、以後、『男はつらいよ』シリーズをはじめ、数多くの山田監督作品が上映されている。

山田さんは中国においてもっとも尊敬されている日本の映画人の一人であり、これまでにも映画祭などでたびたび中国の各都市を訪れている。

戦争末期に『海軍』や『ハワイ・マレー沖海戦』などを観た大連の映画館で、中国人の観客と一緒に寅《とら》さんの映画を観たこともある。そのとき山田さんは、なんとなく自分が罪人のような気がしたという。

大連だけでなく、かつて暮らしたことのある都市を訪れると、「山田監督は少年時代、この街で過ごされたことがあります」と紹介されることがある。身の置きどころがないような思いをするというが、どこでもあたたかく迎えてくれるそうだ。

「大連のおばあさんにしても、僕なんか出て行けと言われても仕方がないのに、招じ入れてお茶なんかをご馳走してくれる。……そういうところですね、僕にとって満洲というのは」

今回のインタビューの最初に、引き揚げ経験も含め、満洲で苦労らしい苦労はしていないと山田さんは言った。そして、当時の自分は中国人の暮らしのつらさや心の痛みに配慮せず、差別意識も確かにあったと繰り返した。まずそのことを言っておかないと、戦争の話はできないのだというように。

——昭和一八年くらいから内地は食糧事情が悪くて、一九年になると、もうほとんど食べるものがないような状態でした。そのころは東京で暮らしていましたが、配給も、一日にコッペパン二つだけとかね。

昭和一九年の春に、東京で旧制中学に入学して、その一か月後に、また父の転勤で満洲に戻りました。大連で暮らすことになったんです。

大連に行ったときはほっとしましたね。まず食べものがあった。中国人はひどい暮らしをしていましたが、植民者である日本人は、内地よりもいい暮らしをしていました。たとえば教師や公務員の給料も、内地より五割がたよかったんじゃないでしょうか。

ええ、父は満鉄の社員でしたから、待遇はよかった。あのころ、満鉄の社員はやはり、肩で風を切っているようなところがあったかもしれません。僕の父は課長とか部長とか、そういった地位だったと思います。もう四〇代だったので、召集はされませんでした。

満洲に戻ってほっとしたのは、食べもののことだけではありません。内地はいろんな意味で締めつけがきびしくて、学校もガチガチの軍国主義教育。息が詰まりそうだったんですが、満洲の学校は開放的だった。雰囲気が違いましたね。

僕のおふくろは、満洲生まれの満洲育ちで、東京で暮らした二年くらいは、やはりずいぶん息苦しかったみたいなんです。近所から白い目で見られながらも、もんぺなんかはかず、パーマもかけていたような人でしたから、満洲に戻ることができて喜んでいました。

満洲は空襲もなくて、内地の都市がどんどん爆撃されるようになっても、なんとなくぴんとこないというか、対岸の火事という感じでした。敗戦の直前までそういう雰囲気でしたね。

上半身裸で聞いた玉音放送

――昭和二〇年八月一五日は、勤労動員で戦車壕*を掘りに行っていたんです。近くに小学校があって、そこに集められてラジオの放送を聞きました。

暑いから、みんなシャツを脱いで壕掘りをしていたんです。上半身裸で、戦闘帽みたいな帽子をかぶった少年たちが、照りつける日差しの下、校庭にずらっと並んでいました。正面にラジオがでんと置いてあったんだけど、ガーガー言ってて、なにを言っているかわからない。僕のすぐ前にいた友人の背中に、汗がたらたらこぼれていてね。ああこいつも腹減ってるんだろうな、と思ったのをおぼえています。

これから貧しい弁当を食べて、午後からまた働かされるのかと思っていたら、今日は中止だということになった。いったん教室に戻ったら、今日はもう家に帰って、連絡があるまで登校しなくていいという。いったいどうなっているのかわけがわからない。教師は直接は言わないんですよ、戦争に負けたということを。

どうも負けたらしいという話が生徒たちの間でなんとなく伝わってきて、そのうち教室に上級生が来てヒソヒソ話をしたりして、えっ、ほんとうなのかということになったんです。

戦争が終わったとわかったときは、気が抜けたような感じでしたね。急にぐだぐだっとなった。安心して緊張がとけたんでしょう。

日本が勝つと信じていたか、ですか？　僕も含めて、あのころの日本人全体をとりこにしていた意識というのは、一体なんだったんだろうと考えることがあります。本土決戦になったら、最後の一人まで戦うと真面目に思っていたわけですから。

日本本土に米軍が上陸してくるということは、もう負けということじゃないですか。

ましてみんな死んでしまったら当然負けです。それなのに、そうなるまで戦うと真面目に考えている矛盾……。

僕は、あのときの日本、そしてあのときの自分を思い出すたびに、いまの時代でも、日本人のほとんど全員が間違えて信じていることがあるんじゃないかという気がして仕方がないんです。だって、あのころの馬鹿げた政策を推進した日本の政治家たちと、全く人種が違うほど優秀な人たちが戦後の政治を担ってきたとは思えないから。

父ですか？　僕の親父はエンジニアで、わりに醒《さ》めた頭をしていたから、日本が勝つのは無理だと思っていたんじゃないかな。

でも、家庭の中でもそういう話は禁じられていた時代です。誰が聞いているわけではなくても、息子をつかまえて、「この戦争は負けるぞ」なんてことを言うことはできない。それがファシズムというものの怖さですね。

ただ僕の母は、わりと考え方が自由な人で、たとえば僕が海軍兵学校*に行きたいと

*戦車壕（せんしゃごう）
敵戦車の進撃を妨害するために掘った穴。または味方戦車をカムフラージュするために砲塔だけを出して隠すための土盛り。

言ったときには、「若者がみんな兵学校に行くことはないじゃないの。あなた、外交官におなりなさいよ」なんて言っていました。おふくろにとって憧《あこが》れだったんでしょうね、外交官というのが。

ええ、そうです。兵学校に行きたいと思っていました。大体みんなそうだったんじゃないかな、あのころは。小学校くらいからほとんどの男の子が軍人に憧れて。それが中学校くらいになると、海軍兵学校や*陸軍士官学校には秀才じゃないと入れないということがわかってくる。そんな感じじゃないでしょうか。

山田さんの母は、大連からほど近い旅順《りょじゅん》で生まれている。

旅順は日露戦争の激戦地、二〇三高地《にひゃくさんこうち》で知られる港町である。母・寛子さんの父は赤十字の仕事をしており、日露戦争のころ、この旅順で病院を建てた。寛子さんは女学校も満洲で卒業し、見合いで結婚した。結婚して初めて、内地での生活を経験したという。

父の正氏も満洲育ちで、当時の多くの満洲の少年がそうだったように、中学以上の教育は内地で受けた。そのまま大学に進み、大阪で就職、結婚。満鉄から誘いが来たとき、夫婦がお互いの故郷である満洲で暮らそうと考えたのは自然なことだったのだろう。

進駐してきたソ連軍と八路軍

敗戦からまもなくの八月下旬、大連の街にソ連軍が進駐してきた。赤い星のついた戦車が、山田さんの家にもやってきたという。

――ソ連の兵隊は最初、ずいぶん乱暴でした。家の中にズカズカ入ってきて、箪笥《たんす》をかきまわしておふくろの着物や装飾品を略奪しました。

＊海軍兵学校（かいぐんへいがっこう）
広島県江田島にあった、大日本帝国海軍の将校養成のための学校。一八六九（明治二）年創立。太平洋戦争終戦とともに閉校するまでの七七年間で、一万一〇〇〇人以上の海軍士官を生みだした。

＊陸軍士官学校（りくぐんしかんがっこう）
陸軍の士官を養成する学校で、イギリスの「王立陸軍士官学校」、アメリカの「合衆国陸軍士官学校」など、軍隊のある国のほとんどにある。卒業後は「曹長」になり、半年で「少尉」に昇進した。

しばらくして今度は八路軍*がやってきました。こちらは立派な軍隊でね。軍用車は不恰好《ぶかっこう》だし、兵士の身なりは貧しかったけれども、みな紳士的でした。

ある日、うちに一人の若い八路軍将校がやってきました。僕の家が八路軍に接収*されることになって、退去勧告に来たんです。おふくろが「どうしてそんなに日本語が上手なの？」と聞いた。彼女は平気でそういうことを話しかけられる人だったんです。

そうしたら彼が照れくさそうに苦笑してね。「僕は京都大学を出ているんです」と言う。その顔は、兵隊さんというより、お兄さんという感じでした。

おふくろは「あら、どうして？」なんて訊いていましたね。なぜそういうことがありえるのか、当時の僕たちにはわかりませんでしたが、おそらく中国から京都大学に留学していたのでしょう。

毛沢東《もうたくとう》の思想に共鳴して、京都を離れて朝鮮海峡をこえて大陸に渡り、人民解放軍の主力部隊があった延安《えんあん》までたどり着いたのだと思います。戦時中に、憲兵にも捕まらずによくそんな旅ができたものだと思いますが、そういう若者たちがいたんですね。

あのお兄さんがその後どうしたのか、とても知りたいです。文化大革命など、さまざまな変革の中でどう生きのびたのか。

山田さんの家は接収され、一家はもとは病院だった近くの古い建物に移った。一家族に一部屋が割り当てられ、引き揚げまでそこで暮らした。

いつになったら内地に引き揚げられるのかはわからない。それまで自分たちの生活は自分たちで何とかしなければならなかった。

――そういうとき、男は駄目ですね。とくにインテリの男は役に立たない。うちの親父もインテリの端くれでしたが、なにもできることがない。

肉体労働ならあるんですよ。それから非合法の闇屋のような仕事。でも親父は身体も弱いし、融通も利かないから、どちらもできなかった。

＊八路軍（はちろぐん、パーロぐん）
太平洋戦争中に中国大陸の北部で活動した中国共産党軍の一部である「中国国民革命軍第八路軍」、後の「中国国民革命軍第一八集団」の通称。ゲリラ戦を得意とし、関東軍に大きな打撃を与えた。

＊接収（せっしゅう）
政府が国民個人の所有物を、あるいは戦勝国が敗戦国の所有物を取り上げること。

当時、内地とは完全に連絡が途絶えている状況で、唯一ラジオで聞く内地の放送だけが、いま日本がどうなっているかわかる情報源でした。

だからラジオの修理ができる人はとても重宝されたんです。僕の親父はエンジニアでしたが、機関車を作る技術はあっても、ラジオは直せなかったんですね。

女性たちは、進駐しているソ連兵の雑用を引き受けたりしていました。おふくろがシャツを縫う仕事を請け負っていたのをおぼえています。シャツを仕立てるのはほんとうは難しいんだけれども、彼らのシャツっていうのは作りがとても簡単なんです。近所の奥さんたちを呼んで、いっしょに作業をしたりしていましたね。

ソ連兵たちも、家庭的な雰囲気が恋しいわけです。それで、日本人の家にお茶を飲みに来たりする。そういうときに、うまいこと雑用の仕事をもらってアルバイトをするんです。女の人たちはそうやって収入を得たりしていました。

でも基本は売り食いです。持っているものを売って生計を立てていた。まずうちにある衣類を売る。僕は三人兄弟の真ん中なんですが、兄弟で、街角に立って売りました。油断していると、中国の少年がサッと取っていったりするので、しっかり持って。

女の人はなかなか街角でものを売ったりできないから、近所のおばさんに頼まれた衣類を売ったりもしました。マージンをもらうんです。

トルストイもチェーホフも燃料に

――ピーナッツ売りもやりました。これは仕入れてきて売るんですが、お腹が空《す》いているので、ついつい自分で食べてしまう。それじゃ商売にならないから、長続きしませんでした。

あの時代、僕らがどんなにピーナッツに憧れたか。僕はいまでも、ピーナッツを見ると、なんだか嬉《うれ》しくなるんですよ。

あとは古本売りですね。自分の家にある本だけではなくて、近所の人たちから預かったものを路上に並べて売りました。

僕たちよりも早く、闇船で内地に帰った人がいたんです。お金を出せばそういうこともできたんですね。非常に危険なんですが、それを承知で帰ったんだと思います。無事に帰り着けたかどうかはわかりませんが。

そんな中のひとりに知人の大学の先生がいて、大量の本を残していったんです。

「洋次くん、これみんなあげるから、処分しなさい」と言って。

ある日、道端で本を売っていたら、中年の男性がやってきました。一冊の本を見て、

「いくら?」って聞くんです。僕は一〇円と答えました。そのころ、ピーナッツの小さな袋が一〇円でした。

そうしたらその人に、「きみ、これはね、『濹東綺譚』*の初版本なんだ。そんな安い値段で売ってはいけない本なんだよ」と言われましてね。例の先生が置いていった本でしたが、当時の僕は『濹東綺譚』を知りませんでした。

その男性は、なんとなく太宰治《だざいおさむ》みたいな感じのしけたおじさんでね。安すぎると言いながら、結局買っていきませんでした。日本人はみんな食べていくだけで大変な時代でしたから、一〇円のお金も出せなかったんでしょう。

当時、人気があったのは講談本。吉川英治《よしかわえいじ》の『宮本武蔵』などの大衆文学ですね。バルザックやトルストイなどは、売れませんでした。そういうのは燃料にしました。ストーブで燃やして暖を取るんです。

チェーホフ全集なんかは背表紙が革なので、こわすのが大変でした。造本がきちんとしている高価な本は、だいたいが燃やしにくい。表紙が厚いし、糸を使ってきちんと綴《と》じてありますから。一番よく燃えるのが新聞紙、その次が雑誌でしたね。

チェーホフ全集の訳者は中村白葉《はくよう》でした。有名なロシア文学者ですが、「白葉なんて変な名前だなあ」と思いながら、破って火にくべたものです。だから僕、ばちが当たったんですよ。読書がなかなか身につかないのは、そんな芸術作品本を片端から焼いてしまったせいだと思います（笑）。

大連では引き揚げまでに二度、冬を越しています。戦時中は石炭の配給がありましたが、戦後はそれもない。石炭や薪《まき》はなかなか買えないから、燃えるものはどんどん燃やすんです。引き揚げ前の最後の冬は、家具もあらかた燃やしてしまいました。

コックリさんに引き揚げ情報を聞く

――ある日、山崎という学校時代の友だちが住んでいる家に出かけていったんです。最近どうも顔を見ないなあと思って心配になって。

日本人はいろいろな建物に分散して暮らしていました。彼の家族が住んでいる建物に行って、窓から覗《のぞ》いたんです。むこうの建物は窓が高いところにあるので、「おい、山崎」と呼んで伸び上がって部屋の中を見たら、家族五、六人が、床に横になってい

＊濹東綺譚（ぼくとうきだん）
一九三七（昭和一二）年に発表された永井荷風の小説。主人公の小説家と私娼の交歓を描いている。

る。冬だったんですが、暖房なんかありませんから、みんなコートを着て、毛布をかぶっている。

死んでいるんじゃないんですよ。でも、ときどきちょっと動くくらいで、呼んでも返事がない。で、顔を見ると、全員が青膨《あおぶく》れにふくれている。あきらかに死相が出ているんです。

当時はその程度のことって、騒ぎ立てるほどのことではないんです。うちに帰って親父とおふくろに「変だよ、寝てて起きてこないんだよ」と言っても、「そうか」と暗い表情で言うだけ。

なにかしてやりたくても、できる状態じゃないですから。こっちもぎりぎりのところで生きているわけで……。いま考えたら、むごいことですけれどもね。

みんながいちばん知りたかったのは、いつ帰れるのかということです。そうした情報はラジオが頼りで、一生懸命聞く。でも大連地区からの引き揚げはいつごろになるのかという情報はなかなか入ってこない。それで、*コックリさんが大流行しましてね。大の大人が、「コックリさん、コックリさん、私たちはいつ帰れますでしょうか」とやる。

僕の親父はエンジニアだからそういうのは信用しないんだけど、なぜか加わったことがあった。僕たち家族が生活していた建物の中の、ある部屋でやったときのことでした。僕は横で見ていたんです。

四人くらいのオヤジが集まって、窓のところに油揚げを置いて「コックリさん、コックリさん、おいでになりましたらご返事ください」なんてやっている。なかなか来てくれなくて、「コックリさん、おいでになりましたか。おいでになりましたか……」と繰り返していたら、うちの親父が突然「はい、来ました」と言ったんです（笑）。みんな怒りましてね。「冗談言ってるときじゃないんだ！」って。親父は「どうもすみませんでした」と謝って、いっしょに帰ってきました。

やっていて馬鹿馬鹿しくなったんでしょう。ほかの人たちは真面目でしたよ。「私たちは真剣にやってるんですから」と親父を叱っていました。

野蛮なソ連の美しい映画

引き揚げまでの大連の生活の中で、山田さんの印象に強く残っているのは、ある映画との出会いである。

一九四六年に製作されたソビエト映画『石の花』。映像の魔術師と呼ばれた名匠・

アレクサンドル・プトゥシコ監督の作品で、当時はまだ珍しい総天然色映画だった。

——僕の通っていた大連一中という中学校は、敗戦から半年くらいで消えてなくなっちゃったんですが、友だち同士はその後も付き合いがありました。アルバイトを世話しあったりしてね。

ある日、友だちの一人に、映画を見に行こうと誘われたんです。ちょっと不良っぽい奴でした。

日本の映画はもちろんやっていないんですが、ソ連軍の慰安のための映画が上映されていました。「俺、ソ連軍の将校を知っているから、入れてもらえるんだ」とその友人が言うんです。かつては軍国映画をやっていた映画館です。

話が通じていたらしくて、ソ連の将校に入れてもらうことができました。中はソ連兵たちでいっぱいです。みんな行儀が悪くてね。ピーナッツやらかぼちゃの種やらを食べていて、それをペッペッと吐き出すから、床はピーナッツの皮だらけです。

そのうちに女性の士官がスカートをはいて出てきて、ロシア語でなにか喋《しゃべ》っている。これから映画が始まります、というようなことを言っているんだと思うんですが、兵士たちはピーピーロ笛を吹いて、もう大騒ぎです。こりゃあなんちゅう軍隊だと思いましたよ（笑）。

ところが映画が始まると、そんな兵士たちもシーンとなった。僕もびっくりしました。だって、色がついているじゃないですか！　生まれてはじめて観る総天然色映画でした。

あの映画は、始まりがとてもきれいなんです。森の中で木こりの老人が焚《た》き火《び》をしていると、子供たちが集まってきて、いっしょに火にあたりながら「お話を聞かせて」とせがむ。すると老人が「むかしむかしね……」と語り出す。

当時の日本人の感覚からいうと、ソ連というのは野蛮な国なわけです。それがこんなに美しい映画を作るとは、ほんとうに驚きました。

僕たちが接したソ連兵たちにしても、たとえば零下二〇度くらいの寒さでも、靴下なんかはかない。ちょいちょいと布を足に巻いて、それで靴をはく。食事だって、樽《たる》の中にサンマみたいな魚が塩漬けになっていて、ウジが湧いていそうなのを、そのま

＊コックリさん
民間伝承の占いの一種。紙の上にあいうえお表やさまざまな記号を描き、その上に硬貨を置いて、複数の人間がその硬貨に指を乗せて狐の霊を呼び出し、質問を行う。

ま手でつまんでガツガツ食べちゃう。

大連は海辺の街で、敗戦後の夏に海水浴に行ったんです。そうしたらトラックが何台もやってきて、ソ連兵がわーっと降りてきた。僕らはあわてて岩の陰に隠れました。彼らはすっかり興奮して、海だ海だと大騒ぎしている。

海が珍しい連中なんですよ。きっと大陸の奥の方で育ったんでしょう。どうするのかと思って見ていたら、みんな素っ裸になって、バーッと海に入っていった。びっくりしましたね。『石の花』を見たとき、ああいう兵士たちと同じ国の人が、この美しい映画を作ったのかと、信じられない思いでした。

大連から引き揚げ、山口県へ

山田さん一家が帰国できたのは、敗戦から一年半たった昭和二二年三月である。大連港から引き揚げ船に乗った。

——その日は大連の港に粉雪が舞っていたのをおぼえています。

帰国する日本人を全員船に乗せた後、岸壁にソ連軍の将校が一人立っていましてね。

船が港を離れて動き始めると、威勢のいい親父さんなんかが「この露助！　バカ野郎！」なんて叫ぶんです。「露助」というのはロシア人の蔑称です。「二度と来るかー」「いつか復讐《ふくしゅう》してやるー」って（笑）。船が出てしまったら、もう追いかけてきませんから。

二晩か三晩かけて博多《はかた》の港に着いたら、今度はアメリカの兵隊がダーッと並んでいる。ぴしっとプレスのきいた服を着て、みんなスマートでね。なんだか恰好いいんですよ。そうすると、あのアカぬけないソ連の兵隊が急に懐かしくなって（笑）。どうも受け付けられないというか、人種が違う感じでしたね、アメリカ兵というのは。そういう相手に日本は占領されているわけで、みじめな気持ちがしました。

大連で一年半の間に接したソ連兵に、山田さんはいつのまにか親しみをもっていた。いまでもロシア人が好きだという。

「なんだかすごく人のいいところがあるんだよね」と山田さんは笑う。少年の日に出会った異国の兵士たちの姿は、いまも心に強い印象を残しているのだろう。

帰国した山田さんの一家は、山口県宇部《うべ》市の親戚《しんせき》の家に身を寄せる。引き揚げ者はみなそうだが、身ひとつで帰ってきているので、財産といえるものはなにもない。四

○代の父は就職がむずかしく、親戚のすすめで、小さな店を開くことになった。

——店といってもほんとうにささやかで、親戚の家の塀を壊して小さいスペースを作り、そこに仕入れてきたものを並べただけのものです。売っていたのは束子《たわし》とか紐《ひも》とかですね。あとは石けん、ロウソク……。もののない時代なので、なんでも売れたんです。

サツマイモをふかして切ったのを皿に載せて売ったりとか。イモの粉が手に入ったときは、団子をふかして並べたりもしました。夏はアイスキャンディですね。

店のほうはおもにおふくろがやって、親父は自転車で品物を売り歩く。ツーンとアンモニアの臭いがするような、質の悪い竹輪なんかを。

竹輪は、僕が工場に仕入れに行っていました。串《くし》に刺した竹輪が、コロコロ回りながら、下で焚いている火に炙《あぶ》られている。焦げ目がついたら、串をシュッと抜いて箱に詰めるんです。

何本いくらで仕入れて、それに二割くらい掛けて売って歩いていました。サメの肉かなにかで作った安い竹輪なんですが、温かいうちはやっぱりうまいんです。だからつい食っちゃうんですよね。いつもお腹を空かしてたんで。

親父は必死で就職活動をしていました。体力がないし、ヒョロヒョロしてるから見た目だってよくない。自転車をこいでる姿なんか、いかにも頼りなくてね。ほんとにインテリは駄目だと思ったなあ（笑）。

ようやく、ツテをたどって宇部の市役所に就職することができましてね。市営バスが増えてきたころで、親父は機関車だけじゃなくて、自動車の車両のこともちょっとやったことがあったので、その経験を買われたようでした。

山田さんは、旧制宇部中学を経て旧制山口高等学校に進んだ。学費を稼ぐため、さまざまなアルバイトをしたという。

農家の田んぼの草取り、こやし運び、空襲で焼けた工場の片づけ、炭坑の坑木運び、進駐軍の病院の清掃……。こうした労働の現場で出会った人たちから得たものが、山田さんのその後の人生に大きな影響を与えた。

「寅さん」に出会った闇屋の旅

――汗水垂らして働く階層の人たちと出会ったわけです。そこには頼もしい人がいたし、のちのちまで忘れることのできない面白い人がいました。

　中学三年生の夏休みに、沼地を埋め立てる仕事をしました。国鉄の駅に石炭ガラを積んだ*無蓋列車が並んでいて、そこからトロッコにガラを移し替えてデコボコの線路の上を運んで行く。そして湿地の上にひっくり返すんです。栄養失調気味の身体にはかなりの重労働でした。

　つらかったのは、無蓋列車が止まっているのがいつも通学に使っていた駅で、真っ黒になって働いている姿が、プラットホームで電車を待っている人たちから丸見えだったこと。ひそかに憧れていた女学生の姿が見えたときは、顔がわからないよう思わず横を向きました。

　一日の仕事が終わると、掘っ立て小屋の事務所に行ってお金をもらいます。親方は朝鮮人で、金さんという人だったんですが、仕事を終えたみんなに酒を振る舞ってくれるんです。僕にも「山田、コレ呑メ」と言って、丼になみなみと注いだどぶろくを差し出す。ものすごく強い酒で、僕がちょっと口をつけて、顔をしかめると、それがおかしいんでしょう、大笑いするんです。いっしょに働いたおじさんたちもワーワー言って笑う。

　笑っている荒くれ男たちに、僕はあたたかさを感じていましてね。強い酒には困ったけれど、なんだか嬉しかった。若い僕をからかっていたんですが、その雰囲気がとてもよかったんです。金さんは誰に対しても公平で、頼りがいのある人でした。

兄と闇屋をやったこともあります。宇部から日本海側にある仙崎《せんざき》まで、ローカル線を乗りついで行く。そこで魚の干物やだしじゃこなんかを仕入れてくるんです。

これがつらい旅でね。当時は貨車に人間が乗っていたんですが、いつもたいへんな混雑です。乗りきれなくて外側の取っ手につかまったり、連結器の上にまたがったりして、そのままの姿勢で何時間も乗っていなければならないこともある。

僕と兄は、母親が布団袋をほどいて縫ってくれたばかでかいリュックをそれぞれ背負って、大勢の闇屋といっしょに、仙崎までの旅を繰り返しました。そのグループの中に、ハルさんという人がいたんです。いつも冗談を飛ばしてみんなを笑わせている人でした。

貨車の中に入れず、連結器のところに乗ったままで帰ってこないといけないことが何度かありました。二、三時間もの間、振り落とされないように必死に手すりにしが

＊無蓋列車（むがいれっしゃ）
屋根のない列車、貨車。

みつきながら、寒風の中を耐えないといけない。背中には重たいリュックをしょっています。

そんなとき、ハルさんが大声でからかうんです。

「なんじゃい、その恰好は。木から落ち損なったサルみたいじゃな」

闇屋の仲間たちがどっと笑います。みんな、買い出しの旅にいっしょに耐えている人たちです。言われた僕もおかしくて、つい噴き出してしまう。

そうすると不思議なことに、笑ったことでちょっと元気が出るんです。あらためて足を踏ん張って、取っ手を握り直して、しっかり貨車にしがみつく。

ハルさんがいると、闇屋の旅がずいぶん楽になりました。逆に、彼がいない日は、一日がほんとうに長くてつらい。朝、ハルさんの姿を見つけると、助かったという気持ちになりました。ああ、今日一日、これで大丈夫だとね。

罵倒《ばとう》のような言葉でも、ハルさんに言われると、なんともいえないおかしみがある。それは、同じ苦しさの中をともに生きているからこその、切実な笑いなんですね。ハルさんは、のちに寅さんの原形になった人です。

笑うことがどんなに人を元気づけてくれるかを、僕はあのころの生活の中で知りました。つらい思いをしている人にとっていちばん大切なのは、笑うこと。慰めることよりも、励ますことよりも、叱りつけることよりも、まずは笑わせることなんです。笑えば、ふっと自分を取り戻すことができる。あの時代に出会った人たちに、僕はそれを教えてもらったと思っています。

働く者のために映画を作る

──寅さんを演じてくれた渥美清《あつみきよし》さんは、ストリップ劇場の出身です。戦後間もない昭和二二、三年、汗みどろになって働いている労働者の人たちがストリップを見に来る。そのストリップの合間に渥美さんが舞台に出て、コントのようなものを演じてワーッとみんなを笑わせる。その中から渥美さんは、彼らとのつながりを見つけたんじゃないかな。

そういう渥美さんに僕は学び、さまざまなことを教えられながら、寅さんを作っていったということだと思います。僕自身も、渥美さんと共通するような体験を、かつて持つことができた部分があるんですね。

高等学校を卒業した山田さんは、自分で学費を工面して東京大学に進んだ。誰もが生きていくのに精いっぱいの時代であり、大学にはアルバイトをして稼いだお金で通うのが普通のことだと思っていたという。

卒業して松竹の助監督となり、やがて監督として自身の作品を撮るようになる。寅さんの誕生は、昭和四三年、テレビドラマの主人公としてだった。

山田さんは、満洲から引き揚げてきた宇部での貧しい生活の中、労働の現場で出会った人たちこそが、自分にとっての故郷なのだと言った。

場所としての故郷を山田さんはもたない。両親が生まれ育ち、自分も満一五歳になるまで暮らした満洲は、中国の人たちの土地だった。

「僕は満洲が故郷だとはあまり思えないんです。引き揚げてからのつらくて苦しい暮らしの中で、生活と戦っていた時期に出会った人たち。あの人たちのいた世界こそが故郷なんですね。それは山紫水明の美しい世界とは違うんだけれども、間違いなく僕の故郷なんです。あの人たちのための映画を作ろうという思いで、僕はここまで来た気がします」

僕はたぶんあのとき、心底怖かったんだと思います。
もしかしたら僕があの浮浪児になっていたかもしれない。
何かが間違ったら、あの少年は僕だったかもしれない、と。
――倉本　聰

八歳ごろ。

倉本聰（くらもと・そう）

一九三五（昭和一〇）年、東京生まれ。脚本家、劇作家、演出家。東京大学卒業後、ニッポン放送に入社し、その後独立。一九七七年より北海道富良野に移住。役者やシナリオライターを養成する私塾「富良野塾」を主宰。代表作に『北の国から』『前略おふくろ様』『ライスカレー』『風のガーデン』『歸國』など。

脚本家の倉本聰《くらもとそう》さんは、北海道富良野《ふらの》市に住んでいる。一九八一年にスタートし、国民的ドラマシリーズとなった『北の国から』、そして二〇〇八年に放映されて話題を呼んだ『風のガーデン』の舞台である。二〇一一年三月末、まだ雪の残る富良野に倉本さんを訪ねた。

富良野の市街地まで、倉本さんの事務所のスタッフ、寺岡宜芳《てらおかのぶよし》さんが車で迎えに来てくれた。一〇分ほど走ったところ、右手に林が見えはじめた。木々が根を下ろす地面はまだ雪に覆われ、ゆるやかな起伏を見せて広がっている。

「ここは以前、ゴルフ場だったんですよ」

そう寺岡さんが教えてくれた。あとで知ったのだが、ゴルフコースだったところに木を植えたのは、倉本さんが主宰する「富良野自然塾」である。この活動について述べた富良野自然塾のホームページの文章の冒頭で、倉本さんはこう書いている。

僕達人間の存在にとっての必需品とは何なのでしょうか。食もそうですし、衣も住もそうでしょう。しかしそれ以前にもっと最重要なもの。それは、空気と水、です。しかしこの二つの重要性を、それがあまりにも身近で当り前すぎる為、僕らは普段忘れてしまっています。

二〇〇八年に書かれた文章だが、東日本大震災による原発事故で、空気と水が汚染の危機にさらされているいまこの文章を読むと、まるで「3・11」以後の世界への警告のように思えてくる。

国民学校で入学し、国民学校で卒業し

倉本さんたちがやろうとしているのは、木を植えることによって、ゴルフ場をもとの森に還《かえ》すことである。木材を利用するための植林ではなく、空気と水を供給してくれる葉をゆたかに繁らせる森を、よみがえらせようとしているのだ。

ゴルフ場が閉鎖された二〇〇五年からこれまでに植えた木は四万本以上。単に植樹をするのではなく、近隣の森から採取した種や実生《みしょう》や若苗を、移植可能なまでに生長させてから植えつけているという。おそろしく時間と手間のかかる作業である。

多分このコースが森に還った姿を、僕らは生きて見ることが出来ないでしょう。だからこそこの事業を未来につなげていかなければなりません。

そう倉本さんは書いている。この言葉も、あまりにも大きな被害に日本中が茫然《ぼうぜん》として途方に暮れているこの時期に読むと、心にしみる。

ゴルフコースから森へ、ゆっくり還りつつある過程にある林を抜け、倉本さんが暮らす土地に着いた。小さな谷に、小ぶりの木造の建物が点在している。そのうちの一棟に案内された。

板張りの床の稽古場《けいこば》の横に、椅子の並んだミーティングルームのようなスペースがある。大きなガラス窓ごしに日差しがふりそそぐ中でインタビューをした。震災から二週間あまり過ぎたころで、話はやはりそのことになった。倉本さんは、被災した子供と老人を富良野で受け入れることができないかと考えているそうだ。

倉本さんは、富良野に移り住んだ七年後の一九八四年に「富良野塾」を開設している。俳優やシナリオライターを志す若者たちが、共同生活をしながら学ぶ場だ。二〇一〇年春に閉塾し、OBを中心とした創作集団「富良野GROUP」に引き継がれたが、ここには二六年間に培われた集団生活のノウハウがあるのだ。
「これから復興に向けて、壮年期の親たちは大変でしょう？　だから一時期、子供たちを学童疎開みたいにして、こっちで暮らしてもらうという手もあるんじゃないか、と」

倉本さんには戦時中、学童疎開の経験がある。昭和一九年夏、東京の池袋《いけぶくろ》にあった豊島《としま》師範付属国民学校の四年生だった倉本さんは、山形県の上山《かみのやま》（現在の上山市）に集団疎開した。

そのときの体験をもとに、テレビドラマが作られている。一九九〇年三月に放映された『失われた時の流れを』である。主人公は倉本さんと同じく、東京から山形に疎開した国民学校四年生の少年。実は倉本さんに話を聞いてみたいと思ったのは、このドラマのシナリオを読んだことからだった。

ドラマのなかで、子供には子供の世界があり、一方で、周囲の大人たちを見つめる目がある。それはときに温かくときに辛辣《しんらつ》で、あの戦争を生きた大人たちの姿を、あざやかに浮かび上がらせていた。

倉本さんは、昭和一〇年一月、東京に生まれている。

昭和一六年は、小学校が国民学校となった年だが、その一期生が倉本さんの学年だった。卒業したのは昭和二二年である。

その年の四月から日本は新しい学制に移行し、現在のような六・三・三・四制となった。つまり倉本さんの学年は、国民学校で入学し、国民学校で卒業した唯一の学年ということになる。現在でいう小学生時代がそのまま、太平洋戦争と終戦直後の混乱期にかさなる世代である。

都市部の子供を親元から離し、学校単位で田舎に移して生活させる学童疎開が閣議で決定したのは昭和一九年六月。さしあたって、東京都内の国民学校の三年生以上が対象とされた。

第一陣の出発は八月四日。倉本さんたちが山形県の上山に出発したのは、同月二九日のことだったという。

親子間の手紙も検閲

――学童疎開というのはつまり、次代の兵士たちを温存しておこうという政策だったわけです。

僕たちの世代が死んでしまったら、近い将来、兵士となって戦う要員がいなくなってしまう。だから空襲で危険な都市部から、安全な田舎に移しましょう、ということですね。

当時、すべての学校では軍事教練が行われていて、軍人が教えに来ていた。いわゆる配属将校です。

その配属将校からあるとき、特攻隊というものがあることを教えられたんです。昭和一九年になっていたと思いますが、まだ山形に疎開する前のことです。それで、「特攻を志願する者は、一歩前に出ろ」と言う。子供にですよ。

一瞬みんな凍りついたんですが、勇ましいのかカッコつけたのか、二、三人、パッと前に出たのがいた。すると、集団心理というのか、みんな前に出るんですね。自分だけ置いて行かれるような気がするのと、あとで何を言われるかわからないのとで、出ちゃうんですよ。

あとで調べてみたら、実際の特攻も、最初は志願者をそうやって募ったようです。「一歩前へ」ってね。あの「一歩前へ」は怖かった。そのとき、やっぱり覚悟しますからね、子供なりに。つねに戦争が身近にありましたから。

疎開の第一日目のことはよく覚えています。夕方、上野駅から列車に乗って、山形県の上山に着いたのが翌日の朝。宿舎である月岡《つきおか》ホテルという旅館に入って、まず昼寝をさせられたんです。午後の二時過ぎくらいに起きたんですが、目が覚めていきなり、クラスのガキ大将が、すごい勢いで泣き出しちゃった。成績も一番良くて、のちに新聞社の論説委員になった男ですけどね。

そうしたら全員つられてワアワア泣き出して、延々と泣きやまないんですよ。先生たちはさぞ困ったと思います。

夕方、食事の時間になるとほとんどが泣きやんで、僕もメシにつられて泣くのをやめたんだけど、そのガキ大将はメシも食わず泣き続けてた。

彼の参謀格で、のちに商船三井の船長になった奴がいるんだけど、そいつはワアワア泣きながらメシを食うという、実に器用な芸当を見せました。ガキ大将は天晴《あっぱ》れなことに一晩中泣き続け、翌日の昼ごろまで泣いていました。

まだ九歳ですからね。ホームシックになるのも無理はない。親の方もずいぶん心配だったんじゃないかと思います。僕なんかはわりとぼんやりした子供だったから、それほどシリアスにはならず、遠足に行くみたいな気分でしたが、親にしてみれば、今生の別れになるかもしれないと思っていたでしょう。

大戦争のさなかに親子が離ればなれになるわけで、親たちの方が深刻だったと思う。

東京を離れるとき見送りに来た親たちはみんな泣いていましたよ。親との間で手紙のやりとりはできましたが、先生たちに検閲されるんです。学校側としては、子供がホームシックになるようなことを親に書かれたら困るし、子供たちにも、帰りたいというようなことを書かれるとまずい。そういうことが書かれていたら、墨塗りにされました。

戦時中、戦地からの手紙はすべて検閲されていた。文章が部分的に塗りつぶされていた話はよく聞くし、そうされた手紙を実際に目にしたこともある。しかし、疎開した子供と親の間で交わされた手紙までが検閲され、墨塗りされていたとは驚きである。倉本さんたちは、紙を裏から透かして見て、消された文字を読もうと試みたが、裏からも墨が塗られていたという。

空腹のあまり絵の具まで食べた

――当時、子供たちの間では、脱走計画がずいぶんあった。みんな帰りたかったんですね。

僕の学校でも、四、五人が上山の駅から夜行に乗ろうと、夜中にこっそり抜け出したことがあった。ところが駅には見張りが立っていたそうです。

あのあたりには、十何校かの国民学校が疎開してきていたので、脱走しようとする子供がずいぶんいたらしく、警備していたんですね。それで結局ホームに上がれなくて、すごすごと戻るしかなかった。トイレの窓から帰ってきましたよ。

僕らのグループが考えたのは、山の中にあるトンネルの上から、走っている貨物列車に飛び降りること。何時何分に夜行が通るということを調べてね。屋根のない無蓋《むがい》列車だから、うまくいけば乗れるはずだと。翌朝には上野駅に着くと、真剣になって考えました。

結局、実行はしませんでしたけど。僕らの上の学級は、埼玉県の飯能《はんのう》に疎開していたんですが、そこでは実行しています。山形より東京に近いですから。

疎開生活の何がつらかったか、ですか？

まず寒さですね。しもやけになって、手がグローブのように腫《は》れてしまう。町にビイル屋というのがありましてね。ビイルというのは山形弁でヒルのことなんです。水槽の中にヒルがいっぱいいいて、そこへ手を浸《つ》けさせられる。すると悪い血をヒルが吸ってくれて、みるみる腫れがひいていくんです。これは最初、ちょっと嫌でしたけど、慣れちゃうと意外に気持ちいい（笑）。

それからやはり飢えです。いつも腹を空《す》かしていて、いま思うととんでもないものを食べたりしました。絵の具まで食べましたからね。

最初は、薬から始まったんです。薬の糖衣錠、あの甘さを味わいたくて、どこも具合が悪くないのに、薬を食うようになった。東京の親のところに、薬を送ってくれと手紙を出すんです。

うちじゃ何のことかわからないから、ビオフェルミンなんかを送ってよこす。いまもありますが、あれは腹の薬なんですね。飲むと消化が良くなるから、ますます腹が減る（笑）。あと、ハリバという薬を送ってもらったやつもいた。あれはなんだろう、結核の薬か何かだったのかな。

ハリバはビタミンAとDの保健薬で、田辺伝三郎商店（現在の田辺三菱製薬）から発売されていた。粒肝油とも呼ばれ、当時はポピュラーなものだったようだ。ビオフェルミンもそうだが、親たちが送ったのは、副作用などの心配がない保健薬だったのである。

倉本さんと同世代の人が書いた手記のなかで、甘いものに飢えていた疎開時代、ハリバが甘いという話が子供たちの間で広がり、小遣いを持って薬局に買いに行ったという話を読んだことがある。

――不思議なんですよね。疎開時代の話を大人になってからいろいろな人にきくと、互いに離れていてまったく交流のないところなのに、同じことをやっている。絵の具を食べたと言いましたが、それも日本中あちこちの疎開先でやっていたみたいです。白い絵の具が甘いってことになってね。ああ、歯磨き粉ですか？　もちろん食べました。あんなのは初歩ですね（笑）。

ヘビやカエルも食べました。あれは貴重なタンパク源でね。虫も試しました。トンボにセミ、バッタ……。セミはほとんど食うところがなかった。フライパンでから煎《い》りにするんですが、身がなくて、抜け殻を食ってるみたいだったな。バッタはもうちょっと食べでがあったんですが。

賄賂を渡して用心棒を雇う

子供たちにとって疎開は、社会を学ぶ場でもあった。まず子供同士の人間関係がある。上山には、東京から別の国民学校も疎開してきていた。そのうちの一校と、倉本さんたちのグループは〝抗争〟となる。

――隣の旅館に疎開してきていた第二亀戸《かめいど》国民学校、通称〝二亀〟が宿敵でした。

こっちは山の手にある師範学校の付属で、ちょっとヤワなところがあるわけです。むこうは下町の学校で、手強《てごわ》くてね。一人ずつ引っ張り出されて袋だたきにあったりする。あのころは米英より二亀のほうがずっと怖かったね(笑)。

僕も一度、追いかけられてトイレに逃げ込んだことがあります。表から十数人で「出てこい!」と言ってドンドン戸を叩《たた》く。中から必死で戸を押さえて「入ってます、入ってます」と言うしかないわけ。そのときは先生が来て助けてくれたんだけど。

こりゃあ何とかしないといけないということになって、先生に相談したら「この戦時下に、何を気の弱いことを言ってるんだ。自分たちで解決しろ」と言う。で、みんなで話し合っていたら「より強いやつを用心棒に雇うのがいいんじゃないか」と誰かが言い出して。

地元に庄司くんというガキ大将がいたんです。俵を持ち上げてしまうような力持ちで、その子に頼もうということになった。そうしたら「こういうときはやっぱり、賄《まいない》を持っていかなければならない」と言うやつがいてね。つまりはワイロです。それで、ビー玉とかハモニカとかノートとかを集めて、それを持って頼みにいった。庄司くんは「まかしとけ」って引き受けてくれました。

手下を四、五人連れて、僕たちが行く先々でガードしてくれる。ある日、二亀に襲われたんだけど、庄司くんたちがボコボコにしちゃったんですよ。それからは僕たち、やられなくなった。

いまだと、子供同士のトラブルがあったらすぐ学校に訴えたり、いじめにあった子供が自殺しちゃったりするでしょう。昔は何だかんだやって、自分たちでどうにかしていましたね。あれで子供なりに社会性みたいなものが身についた気がします。世の中を生き抜く知恵と言うんでしょうか。ひとに頼みごとをするときは、やっぱり賄が必要だとかね（笑）。

疎開先にあったのは子供の世界だけではない。家族や親類ではない大人たちと、ごく近くで接する日々を倉本さんたちは初めて経験した。

なかでも同じ旅館で起居をともにした教師たちの姿は、子供たちに強い印象を残した。疎開児童たちは、戦争の時代を大人たちがどのように生きたかをごく近くで見ていた証人でもある。

「戦争っていうのは喧嘩のことだ」

――柴田先生という人が僕らの担任だったんです。まだ若くて、たぶん二〇代だった。バタさんと呼んでいました。

軍歌なんかはあまり歌わせなくて、自分が作詞作曲した歌を合唱させるんです。いまでも覚えてますよ。「豊島の園のきみと僕。ラララーラ、ラララーラー……」。なかなかいい歌でした。伴奏のハモニカはバタさんが吹いてね。

踊って見せてくれたこともあった。ねじり鉢巻きをして、なんだか珍妙な姿でした。タドン作りや、干し草刈りなんかもいっしょにやりました。何かを教えられたというよりも、毎日いっしょに生きていたという感じですね。家族みたいなものです。

勇ましい先生もいたけれども、バタさんはそういうタイプではなかった。戦争は嫌だったんだと思います。

あるとき、僕たち生徒に「大きな声じゃ言えないけど、戦争っていうのは喧嘩《けんか》のことだからな」と言ったことがあります。「大東亜大喧嘩っていうんだ」って。すげえこと言うな、と思いました。でも、そういやそうだな、喧嘩だよな、と。面白いことを言ったものですよね。でも当時としてはとんでもないことで、そんなのばれたら大変ですよ。「おまえたち、外では言うなよ」なんて言ってましたけど。

戦争が終わって民主主義の世の中になり、教育も一変した。僕らは例の、教科書の墨塗り＊というのをやらされたわけです。

何ページの何行目から何行目までを消してください、と先生が指示するんだけど、そのときの先生もバタさんだった。どういう気持ちだったんでしょうかね、あのときのバタさんは。

バタさんは戦後、学校劇の世界に行ったんです。学校劇っていうのはひとつのジャンルになっていて、斎田喬《さいだたかし》さんという大御所がいらしたんですが、その斎田さんの門下に入った。実は僕もバタさんの紹介で、学生時代、斎田さんのところにしばらく通っていました。ものを書きはじめたころですね。

そうですね、影響を受けたというのはあると思います。生まれてはじめて演劇とい

＊教科書の墨塗り（きょうかしょのすみぬり）
戦後、ＧＨＱの命令により、教科書の中の軍国主義的な記述や天皇賛美の内容を墨で塗りつぶさせたこと。

うものをやったのも、バタさんに指導されてのことですから。

国民学校の卒業式のとき、クラスで『ハムレット』をやらされたんですよ。小学生でシェークスピアですからね。それも坪内逍遙《つぼうちしょうよう》の訳だから文語体です。

僕は悪王クローディアスの役で、その妃《きさき》のガートルードは「肥《ふと》り肉《じし》ゆえ息が切れう……」なんてね。男ばっかりのクラスだから、女性の役は女形。全幕ではないけれど、よくやったなあと思います。

「バタさん」に桜紙を贈った父

――バタさんは戦後、四〇代の若さで、病気で亡くなってしまいました。戦時中のことを考えると、彼が一人で抱え込まなければならなかった秘密というのがだいぶあった気がするんです。

疎開中、たとえば家が空襲で焼かれてお母さんが亡くなっている子がいても、動揺させるということで、本人には伝えなかったんですね。そういうことを胸の中にしまって、子供たちと接しなければならなかった。まだ二〇代ですからね。大変なことだったと思います。

後で知ったんですが、実はバタさん、疎開した旅館の仲居さんの一人と恋仲になっていたらしいんですよ。そのことで、旅館の女将《おかみ》さんに手をついて謝ったなんてこともあったようでした。でも結局、その人といっしょにはならなかった。いろいろと事情があったんでしょう。

国民学校の卒業式の日のことです。校庭のところに一本だけ焼け残った銀杏《いちょう》の木が立っていて、その下でみんなで写真を撮った後、バタさんが僕らにこう言いました。

「君たちはこれから中学に入って、女性に興味を持つようになるだろう。そのことで悩んだら、僕のところに相談に来なさい」

自分の経験も踏まえて、まあ男同士ということでそう言ってくれたんだろうけど、僕にはいまひとつピンと来ませんでした。まだ六年生だし、それもいまの子と違って栄養状態が悪いから、成長が遅かったんですよ。女性に興味なんか持てなくてね。

まだ戦争前のほうが「あの子ちょっといいな」なんていう気持ちがあったように思います。でも戦時中はまったくそういう興味がわかなかった。食料事情が悪いと、そんなもんですよ。

もうひとつ覚えているのは、中学三年くらいのとき、バタさんの家に遊びに行ったことがあるんです。そうしたら「きみのお父さんは粋《いき》な人だね」と言う。そのころ先生は結婚したばかりで、うちの親父に結婚祝いとして、桜紙を贈られたというんです。桜紙というのはやわらかい薄紙で、いわゆる枕紙《まくらがみ》として使うものですね。当時はティッシュペーパーなどないし、紙の不足している時代だったので、そういうものが貴重だったようです。「あれはちょっと感激した」とバタさんに言われて、「あ、そうですか」なんて答えて。親父はクリスチャンのくせに、結婚祝いにそんなもの贈ってたのか、って思いました。

親父は俳人だったんですが、出版社をやっていて、だから紙が手に入ったのかもしれないですね。自然科学系の出版社で、中西悟堂《なかにしごどう》さんの本なんかを出していた。中西さんは日本野鳥の会を作った人です。

中西さんと父は親友で、戦後、日本野鳥の会の本部がうちに置かれたこともあります。そのころ僕は中学生で、戦争でばらばらになった会員への手紙を封筒に入れる作業をしたりしましたね。父は野鳥の俳句ばかり作っていて、『野鳥歳時記』という著書があります。

生きることを教わった岡山の廃屋

倉本さんは、山形県に疎開中だった昭和一九年一二月、原因不明の病気で寝込み、東京に帰されることになる。

——半分は仮病ですね。それで翌二〇年の四月まで東京の自宅にいました。杉並区の善福寺《ぜんぷくじ》というところに住んでいたんですが、三鷹《みたか》に中島飛行機*があったので、空襲がずいぶんありました。

まず警戒警報が鳴って、それから空襲警報が鳴る。やっと歩けるようになったくらいの弟がいたんですが、警戒警報が鳴ると、その弟が自分でおぶい紐《ひも》を持って、おふくろの方に行きましたからね。よちよち歩きで。

急いで庭の防空壕《ごう》に飛び込むと、B29の音が遠くからして、それから高射砲の音が聞こえてくる。夜だと空をサーチライトで照らすんだけど、まずB29の姿をつかまえられない。あの音は怖かったですね。少し前に『歸國《きこく》』というドラマをやったとき、

*中島飛行機（なかじまひこうき）
終戦までアジアで最大といわれた航空機メーカー。一九一七（大正六）年設立。陸軍戦闘機「隼」など、数多くの名機の生産を行った。一九五〇（昭和二五）年に解体され、その一部は富士重工業になった。

だいぶしつこくスタッフに説明して、音を作らせましたけど。

そのころ父は四〇代で、隣組の防空班長をさせられていたから、すぐに逃げてはいけなくて、あとから防空壕に入ってきました。その後はみんなで、ふるえながら賛美歌を歌いましたね。

ええ、両親ともクリスチャンです。父は長老をやってました。父方の伯父《おじ》が、山谷《やまや》省吾《せいご》というパウロ神学の大家だったんですよ。

戦時中、クリスチャンは迫害されました。でも、うちの親父たちにはそういう気配はなかったたな。子供たちには見せないようにしていたのかもしれません。

山形の学童疎開先に二〇歳前後の若い寮母さんがいたんですが、この人がクリスチャンだった。夜中に賛美歌を歌っちゃうんです。それが顰蹙《ひんしゅく》を買って、いじめ抜かれました。先生たちからも。

親父が疎開先に来たことがあって、泣いているその人を隅に連れていって一生懸命慰めていましたね。その人のことはドラマに書きましたけど、ほんとうに可哀想でした。

倉本さん一家は、昭和二〇年の四月、父の故郷である岡山に疎開する。

――親父は子煩悩な人でしてね。やっぱり子供の安全が気にかかったんだと思います。兄と姉がいたんですが、もう高校生と中学生で、勤労動員で東京に残らざるを得なかったので、僕と妹と弟、それからおふくろとおばあさんを連れて疎開しました。親父は岡山の勝山《かつやま》というところの出身です。中国山脈に近い、津山《つやま》のちょっと西の方。でもそこではなくて、金光《こんこう》というところに疎開した。金光教*の本部があるところですね。

山奥に、もとは立派だったらしいけれどもすっかり崩れている家があって、そこを借り受けて暮らしました。

この家がまさに廃屋で、ぼろぼろなんです。着いたのは朝だったんだけど、一歩入ってウワーッと思った。あれは忘れませんね。蜘蛛《くも》の巣だらけ、カビだらけ、虫の死《し》骸《がい》だらけで、ものすごく汚かった。

それを家族みんなで掃除してね。それからおくどさん――竈《かまど》のことなんだけど、そ

*金光教（こんこうきょう）
一八五九（安政六）年に開かれた神道系の宗教。本拠地は岡山県浅口市金光町で、現在の信者は約四三万人。

こにあった鉄鍋《なべ》の錆《さび》をこそいで使えるようにして。あとはおふくろとおばあさんにまかせて、親父と裏山に行ったんです。すぐ後ろがもう山でした。

そこへ二人で入っていって、親父が「これは食えるぞ」と教えながら、いろんなものを採ってくれた。それを味噌汁《みそしる》にぶちこんで食べたら、こんなうまいものはなかったですね。吉兆《きっちょう》なんか比べものにならないくらいの味でした。

あの廃屋での生活は忘れられません。あそこで僕は、いろいろなことを教えられ、吸収したと思います。

都会っ子が堆肥を作る

この話を聞いて、ドラマ『北の国から』の第一回を思い出した。そのタイトルが「廃屋」だったのだ。

両親が離婚して、父親とともに北海道の富良野に住むことになった純《じゅん》と螢《ほたる》の兄妹。二人が、これから暮らすことになる荒れ果てた家に初めて足を踏み入れるシーンである。都会育ちの二人は、初めは大きくとまどい、しかしやがてたくましく育っていく。あれは倉本さん自身の経験が反映されているのだろう。

——山形に疎開したときは先生たちに守られていましたが、岡山ではやっぱりいじめられるわけです。いじめをはね返したり、すり抜けたり……ときには喧嘩したり、逆にへりくだってみたりね。子供にとってはたいへんな試練で、たくましくなったと思います。

あのへんの体験がもしなかったら、のちに富良野に移住する度胸はなかったでしょうね。ええ本当です。NHKとの喧嘩ですか？　あんなの、戦時中にくらべたら屁《へ》でもない（笑）。

都会から来た子供が、自然の中で、ひとつずつ何かを乗り越えていく感覚がありました。それは、それからの自分が生きていく力になったと思います。

転校してまもなく、学校でいきなり、堆肥作り*というのをやらされたんです。まず藁《わら》を地面に積み、そこに糞尿《ふんにょう》を背負っていってダーッとかける。で、草鞋《わらじ》をはいた足

*堆肥（たいひ）
本来は落ち葉や藁などを自然に発酵させて作る肥料で、糞尿などから作る「廏肥」とは違う。しかし作る方法が似ているため、どちらも「堆肥」とされることが多い。

で踏んづけるんです。

田舎では当時、みんな自分で作った草鞋をはいていまして、僕も岡山に行って最初に教わったのが草鞋の編み方でした。

糞尿をかけた草を草鞋で踏んづけていると、ぐっちゃぐっちゃと足の裏にしみてくる。その上にまた藁を乗せて糞尿をかけるわけです。下肥《しもごえ》っていうやつですね。まだかたまりがあったりするそれを踏んでいくわけだから、まあ汚いですよね。でも僕は、やっていてそんなに嫌ではなかった。どろんこ遊びに毛が生えたような感覚でやれたんです。

学校から親に成績簿みたいなものが来たときに、僕が平気でそれをやったことが書いてあって、先生がとても褒めてくれていたんです。都会から来た子なのに、という思いが先生にもあったんだと思います。僕はそのとき、すごくうれしくてね。子供なりに、何かを越えたという実感があったんでしょう。

特攻帰りが愚連隊に

――岡山時代、近所に柿本の兄ちゃんと呼ばれている人がいたんです。ちょうど

『北の国から』の草太《そうた》兄ちゃんみたいな人ですね。前は不良だったというお兄ちゃんです。

彼は猟師で、よくタヌキを獲《と》ってうちに持ってきてくれました。それでタヌキ汁を作るんです。そして僕にいろいろなことを教えてくれた。小川で魚を獲るやり方とかね。

足の先で岩の間を探るんですよ。で、フナなんかが隠れているのを、キュッと押さえる。そうやって生け捕るんです。ほんとうに素朴な漁のやり方ですね。もう一つ進むと、石をバーンと落として、魚を一瞬気絶させて獲る。そんなやり方も教わりました。

あとはウナギの獲り方。あのあたりにはため池がたくさんあるんですが、ため池の石垣を縁からずっと見ていくと、あぶくが湧いているところがある。そこがウナギのいるところなんです。

竹を採ってきて中の節を抜いて筒にして、そこへ直角に別の竹を組み、中に糸を通します。糸の先に餌をつけて、あぶくが出ているところに挿す。ウナギが食いついたら糸を引っぱるんです。すると竹筒の中にすっぽりウナギが入ってくる。そうやってずいぶんウナギを獲りましたね。

父親や年上のお兄ちゃんから教わりながら、それまではできなかったいろいろなことができるようになっていった。当時、自然の中で経験したことは、ずいぶん自信になりました。

岡山で終戦を迎えた倉本さんの一家は、翌二一年の春に東京に戻るまでそこで暮らした。終戦直後、もっとも怖ろしかったのは、戦地から帰ってきた元特攻兵だったという。

——地元出身の特攻兵が、もう本当にすさんで、愚連隊みたいになって帰ってきたんです。仲間を連れてね。

小学校の校庭にやってきて、授業中に、出征前に顔見知りだった上級生を呼び出したりなんかする。特攻服に白いマフラーをしたのが五、六人たむろしていて、先生が「何やってるんだ」ととがめると、逆に「何だ!」って怒鳴り返すんです。

女の先生なんか、追いかけ回されておびえていました。半泣きになって職員室に逃げ込んできたのを見ましたからね。そのときは勇ましい教頭先生がいて、木刀を持って追い散らしましたが、怖ろしかったですよ、あの特攻帰りというのは。

東京に引き揚げたのは、六年生になる春のことです。途中、大阪駅で半日近く待たされたんですが、そこでの出来事が忘れられません。

構内の隅に一家でかたまって、新聞紙にくるんだ握り飯を開いたんです。そうしたら、僕と同年齢くらいの浮浪児*が目の前に立った。ぼろぼろの服を着て、顔は煤《すす》だらけ。異臭がしました。

その少年が、僕に向かって黙って手を突き出した。その目がぎらついていてね。父が「あげなさい」と言ったので差し出すと、無言で受け取って消えていった。気がつくと僕は、ガクガク震えていました。

大阪駅には浮浪児が大勢いました。僕はたぶんあのとき、心底怖かったんだと思います。もしかしたら僕自身が、あの浮浪児のようになっていたかもしれない。ほんのちょっとどこかで何かが間違ったら、あの少年は僕だったかもしれない。そう感じたんですね。

＊浮浪児（ふろうじ）
親や保護者から離れ、あるいは失い、住む場所もない子供。ストリートチルドレン。

終戦後の社会と、大震災後のいま

終戦とともに、たくさんの現実が押し寄せてきた。それまで見えていなかったものを、倉本さんはいっぺんに目にすることになる。

――東京に戻ってまもなく、衝撃的な光景を目にしました。僕の通っていた国民学校は池袋にあったんですが、駅から学校までの道は当時、ぜんぶ闇市になっていて、バラックが建ち並んでいる裏手の空き地を通って登校していたんです。

ある日、朝早くにそこを歩いていたら、バラックの間から、飛行服を着た予科練帰*りの若者が三人くらい、ものすごい勢いで駆け出してきた。それを追いかけて、おそらく朝鮮人の愚連隊と思われる屈強な男たちが十数人飛び出してきました。そのあたりは、つい最近まで抑えつけられ、虐待されていた朝鮮人や中国人の暴力組織が牛耳っていた界隈《かいわい》だったんです。

飛行服の三人のうち二人は逃げたんですが、一人は踏みとどまって戦おうとした。けれども多勢に無勢ですから、たちまちのうちに叩きのめされてしまいました。

耳、口、目のすべてから血が流れ出して、もう動かなくなっても、男たちは棍棒《こんぼう》で撲《なぐ》り続けていた。口から大量の血があふれ出して、僕の足もとまで流れてきました。その血に蠅がたかるまで、男たちは撲るのをやめなかった。もう死んでいるのにです。そのとき僕は、これが戦争というものかと思いました。生涯忘れられない出来事ですね。戦争が終わった後に、もっとも鮮烈に戦争を感じたんです。

話を聞きながら、倉本さんが生み出した作品群を思い出していた。

テレビドラマの脚本家として、倉本さんは長い間、第一線で仕事を続けてきた。つねに時代と切り結ぶ作品を送り出してきたが、たとえば一九八〇年代の『北の国から』をいま見ても、まったく古さを感じない。それどころか、当時よりもさらにリアルに、日本の社会の「いま」を映し出している気さえする。

＊予科練（よかれん）
「海軍飛行予科練習生」の略称。海軍飛行予科練習生制度は一九二九（昭和四）年に設立された飛行兵の養成制度で、二〇歳未満の高等小学校卒業者以上を対象とした。戦時中は飛行兵の大量増員が必要となり、短期の養成で搭乗させた。特攻兵となる者も多く、死亡率が高かった。

それこそが文明だと信じて疑わずに便利さを追求してきた果てに、日本人が大きな蹉跌《さてつ》を味わっている現在の状況のなかで、あらためて倉本さんのドラマを見ると、かつて、家族で泣いたり笑ったりしながら見たその作品自体が、日本人の未来に向けての警告になっていたことに気づかされるのである。

インテリ家庭に生まれて東京に育ち、東大を出てテレビの世界に進んだエリートが、富良野という、リゾート地となった現在でもずいぶん不便な田舎に、三〇年以上も前になぜ移り住んだのか。そしてなぜ、あのような作品を生み出すことになったのか。さまざまな要因や事情はあろうが、それはやはり、戦争と終戦後の社会、そしてそこで生きる人間の姿を見つめた少年時代があったからではないかと思う。

未曾有《みぞう》の大震災に年若くして出会わなければならなかった現代の少年少女たちが、その経験を糧に、あたらしい価値を生み出す日が来るだろうか。

インタビューの後、「このごろ、少し足が悪くなりましてね」と、ステッキを片手に、まだ土の見えない雪の坂道を降りていく倉本さんの後ろ姿を見ながら、ぜひそんな日が来てほしいと思った。

少なくとも兵士は銃を持って戦場に出た。
でも一般の市民は、誰も守ってくれない無法状態の中に
丸腰のまま放り出されたのです。
——五木寛之

韓国・論山　母・カシエと。一歳半。

五木寛之（いつき・ひろゆき）
一九三二（昭和七）年、福岡県生まれ。作家。生後すぐ、両親とともに朝鮮半島に渡り、戦後の混乱期の中、一九四七（昭和二二）年に福岡に引き揚げる。小説家、エッセイスト、作詞家と幅広く活躍し、一九六七年に『蒼ざめた馬を見よ』で直木賞受賞。『青春の門』『親鸞』など作品多数。

五木寛之《いつきひろゆき》さんは昭和七年に福岡県で生まれている。生後まもなく、教師だった父母に連れられ、玄界灘《げんかいなだ》を越えて朝鮮半島に渡った。現在の全羅南道《ぜんらなんどう》や平安南道《へいあんなんどう》など、父の転勤にともなってあちこちを転々としながら少年期までを暮らした。

一家にとって、引っ越しはすなわち父親の出世を意味した。懸命に勉強して昇任のための検定試験を受け続けた五木さんの父親は、小さな村の普通学校（朝鮮人が通う学校）から、大都市ピョンヤン（平壌）の師範学校の高等部教官まで、順調に教育界の階段を上り続けた。

しかし敗戦によって、それまで築き上げたもののすべてが崩れ去った。昭和二二年にようやく引き揚げがかなうまで、一家は北朝鮮の地で辛酸を嘗《な》めることとなる。

子供は多かれ少なかれ、どんな親のもとに生まれたかによって運命が左右されるが、戦時中は特に、その度合いが大きかった。

父親がどんな職業で、戦争をどう見ていたかによって、戦中から戦後にかけて子供が見た風景はずいぶん違う。五木さんの父親は、新天地を求めて植民地であった朝鮮に渡った。教師として、将来を自力で切りひらくことのできる環境がそこにあると信じたのである。事実、終戦まで、日本人にとって朝鮮はそれが可能な土地だった。

本書では、これまで九人の人たちに話を聞いてきたが、その父親の職業はさまざまである。

角野栄子さんの父は、住み込みの丁稚《でっち》から始めて、大きな質屋の経営者になった。東京の企業に勤めるサラリーマンだった児玉清さんの父。音楽家だった舘野泉さんの父。日本から満洲に進出した商人だった辻村寿三郎さんの養父。辻村さんは実父を知らないが、関東軍の将校だったらしいという。

済州島出身の在日朝鮮人だった梁石日《ヤンソギル》さんの父は妻の稼ぎで暮らしていたが、戦後は蒲鉾《かまぼこ》工場を経営して大儲《おおもう》けした。

福原義春さんの父は資生堂創業者の子息で、中村メイコさんの父はユーモア小説で知られた売れっ子作家。山田洋次さんの父は満洲生まれで、機関車製造会社から満鉄に転職したエンジニアだった。倉本聰さんの父は小さな出版社を経営する一方で、俳人として活躍した人である。

九人がみずからの戦争体験を語るとき、必ず親の話になった。それを通して、聞き手の私は、あの時代を生きた市井の人々のリアルな姿をかいま見ることとなった。

これまで私は、『昭和二十年夏、僕は兵士だった』で若い兵士として戦場におもむいた男性たちを、『昭和二十年夏、女たちの戦争』で戦時下で青春時代を送った女性たちを取材したが、そのときは、親たちの姿がこのように詳細かつ鮮やかに語られることはなかったように思う。

子供は無力だからこそ、生きのびるために、戦争のような非常時には周囲をよく見ている。とりわけ、唯一頼ることのできる存在であった父母の姿は、のちのちまで心に焼きついているのだろう。

親たち＝大人たちの運命は、戦争によって思わぬ変転を余儀なくされた。敗戦という大きな歴史の転換点を、日本人はどう生きたのか。子供は、切実な目をもってそれを見つめていた目撃者であり、証言者だといえる。

あらためてそんなことを考えたのは、五木さんが語った、息子の目から見た父親の姿が印象的だったからだ。

五木さんの父親は、強く大きくなっていく日本という国を信じ、そこに自分の人生を重ねて、刻苦勉励して将来を切りひらこうとした日本人の一人だった。それは、国家が市民に求めた生き方のひとつの典型であった。

そんな父親が、敗れ、挫折《ざせつ》していく姿を、五木さんは淡々と語った。突き放したようなクールな語り口の奥に、時代に翻弄《ほんろう》された普通の市民への、限りない哀惜がある気がした。

敗戦をまったく予測しなかった

インタビューの際、最初に質問したのは、終戦をどこでどのように知ったかだった。

昭和二〇年八月一五日、平壌一中の一年生だった五木さんは、学校の校庭に集められ、拡声器から聞こえてくる天皇の声を聞いた。多くの中学生がそうだったように、戦闘機乗りになることに憧《あこが》れる軍国少年だったが、敗戦に悲憤慷慨《こうがい》するというようなことはなく、呆然《ぼうぜん》とした気分の中に、これからはきつい勤労奉仕作業に出なくてすむという解放感があったという。

それからしばらく、空白期間といっていい時期があった。何も分からず不安ではあるが、どこかぼんやりとした、まるで休日のような日々――。

それが破られたのは、一か月ほどしてソ連の戦闘部隊がピョンヤンに入ってきたときだった。

「そのとき初めて、自分たちは難民になったということを自覚したんです」

戦争に負けるかもしれないということも、そうなれば植民地で暮らす日本人がどんな目にあうかも、父親は想像すらしていなかったと五木さんは言う。

——当時、補充兵を教育するための教育召集というのがあって、中年過ぎの教師である父親もそれに引っ張り出されていたんですが、敗戦の少し前に家に戻ってきていました。

実は詔勅の前日に、明日、重大な放送があるということを父親はつかんできていた。それで僕にこう言ったんです。

「すごいことが起こるぞ。今度、日本とソ連が組んで、アメリカなどの連合国側と戦うんだ。これでもう、戦争はこっちの勝ちだ」

父親はそのころ、ピョンヤンの師範学校の高等部で国語と漢文を教えていました。いっぱしの情報通のような顔をして、今度はこうなる、ああなるという話をよくしていましたが、敗戦をまったく予測しなかった。また、ポツダム宣言についての知識もまったくなかった。必ず勝つ、神風が吹く、というような漠然とした意識の中で、国家を信頼していたんですね。

戦争についての理解ということでいえば、まったく駄目だった。わかっていなかったと思います。

いま思うとちょっと信じられないけれども、当時の普通の日本人の大半は、戦争に負けるとは思っていなかったはずです。

実はラジオで詔勅が流れる一週間くらい前から、ピョンヤンの駅は大混雑で、高級官僚や軍の高級将校の家族、財閥関係の人たちなどが、山ほどの家財道具を積んでどんどん南下していました。

まもなく日本が負けるという情報は、一部の人たちには前もって伝わっていたんですね。それで、列車が動いているうちにソウル方面に移動し、そこから内地へと向かっていた。街へ出てそういう様子を見れば一体何ごとだろうと思うだろうし、いろいろな人に積極的に聞いて回れば、日本は戦争に負けるんだということがわかったかもしれません。でもわたしたちは情報の重要性というものについて、まったく無理解だった。

うちの父親だけではなくて、当時のほとんどの日本人がそうだったと思います。それで、負けたということがわかったとき、茫然《ぼうぜん》自失してしまったんです。

「軽挙妄動をつつしめ」と繰り返したラジオ

――敗戦の翌日だったか、父親が教えていた師範学校の朝鮮人学生たちが家にやって来ました。腕に「人民保安隊」という腕章を巻き、腰には拳銃を下げていました。彼らは以前からひそかに組織を作って反日的な活動を行っていたようでした。終戦になったらこういう運動を展開するという計画がすでにあったんでしょう。父親は「君たちはそんなことをやっていたのか」と、びっくり仰天していました。

彼らは「先生、なるべく早くピョンヤンを出られたほうがいいです」と助言してくれました。「おそらくソ連も入ってくるでしょう。日本に引き揚げられたほうが安全です」と。

でも父親はピンと来ないんですね。「いやあ、どうすればいいのかなあ」というようなことを言っていました。

というのも当時の唯一の公的な情報源で、日本人がもっとも信頼をおいていたメディアであるラジオが、繰り返し、「治安は維持される、市民は軽挙妄動せず現地にとどまれ」と告げていたからである。
当時の普通の日本人は、政府や役所の指示に反して行動を起こすことなど毛頭考え
なかった。教え子が警告に来てくれたにもかかわらず、五木さんの一家がそのままピ
ョンヤン市内の自宅にとどまっていたのは、その公の指示に従ったためである。
――「軽挙妄動をつつしめ」という指示にとりあえず従い、どうしていいかわから
ないまま立ち往生していたというのが、あの時期の状況だったと思います。
まあそのときあわてても、すでに駅も関係者でごったがえしていて、列車に割り込
むことなどできなかったでしょうけれども。
当局はおそらく、市民の間にパニックが起こることをおそれたんでしょう。情報の
格差というのは怖ろしいと、つくづく思います。
情報というものの価値に対して、わたしたちは鈍感です。特有のいい加減さがある。
あのときも、父親は同僚とか仲間とかいろんな人脈をたどって情報収集すればよかっ
たのです。僕自身も、ピョンヤン中走り回って、今どうなっているかを見てくればよ
かった。中学生ならできたはずです。
情報というものは、貪欲《どんよく》に集めようとすれば、かならずどこからか摑《つか》んでくること

ができるはずです。でも、お上の言うことを聞いていればいいという習慣が身についてしまっているから、それをしようとしない。ましてラジオで放送されたわけですから、まったく疑いをもたなかった。

あとから振り返って、そのころの日本の大衆の愚かさというかナイーブさというか、そういうものを嫌というほど痛感しました。父親も、そして僕も、その愚かな大衆の一人だったわけです。

それ以来僕は、公の放送がとどまれと言ったら逃げる、逃げろと言ったらとどまるというのを指針にしてきました（笑）。とりあえず体制の言うことと反対のことをしていたほうがいい、と。

国民の「民」という字は、もともとは目に針を刺すという意味があるんだそうです。物事が見えない、判断できない状態に置かれている者ということですね。そう考えると「民主主義」というのは、実はあまりいい言葉ではないのかもしれません。

結局、日本人はいまも、そしてこれからも、同じなのかもしれないとも思います。お上の意に反して、自分の決断で行動するということがなかなかできない。狭い島国に生きているということもあるのでしょう。反抗したとしても、結局は逃げるところがないわけですから。

立身出世を求めて半島へ

五木さんの父は、福岡県の山間部の農家に生まれた。長男ではなかったので、農地を継ぐことはできない。小倉《こくら》の師範学校に進み、国語と漢文の教師になった。

生まれ故郷に近い小学校に赴任し、そこで知り合った女性教師と恋愛をして結婚した。五木さんの母となったその女性は、福岡女子師範学校を卒業しており、父の郷里から山をひとつ越えた村の出身だった。

やがて五木さんが生まれ、まもなく一家は朝鮮半島に渡る。物心ついたときから、五木さんは朝鮮の山河をふるさととして育った。

――父親が生まれたのは、辺春《へばる》村といって、九州山地の山肌にへばりついたような集落です。

父の実家はほとんど田んぼがなく、戦後は農家なのに米の配給を受けていたほどでした。狭い段々畑でお茶やミカンを栽培して何とか生計を立てていました。

あとは筍《たけのこ》や、ロウソクの原料になる櫨《はぜ》、和紙の原料になる楮《こうぞ》や三椏《みつまた》などを採ってくる。葛《くず》や片栗粉を作ったりもしていました。米が少ししかとれないから、ありとあらゆることをして現金収入を得ていたんですね。まさに山村の営みです。

耕地が少ないので、跡を継ぐことができるのは長男だけで、次男、三男以下は家を出ていかなければならない。当時、そうした少年たちがお金をかけずに学ぼうと考えた場合、いくつかの選択肢がありました。逓信講習所や鉄道講習所、あるいは軍人や警官になるための学校。そして父のように、師範学校を出て教師になるという道もあったわけです。

父はかなり勉強ができたんでしょう、学費を免除される給費生として小倉師範学校で学ぶことになった。母も同じような形で福岡女子師範学校に入って教師になったようです。

小倉師範学校は、九州では多少は知られていたかもしれませんが、そこを出たところで、東京や広島などにあった高等師範学校、あるいは帝国大学を出て教師になったエリートたちにくらべるとぱっとしないわけです。一生勤めても、せいぜい小学校の教頭くらいにしかなれないだろうという感じだったと思います。

立身出世というのはそのころのモラルですから、より収入が多くて出世のチャンスのあるところへということで、植民地だった朝鮮に渡った。当時の移民というのは、いちばん貧しい層が、日本列島から押し出されるようにして海外へと向かったんです。下層の人たちが、ある希望を抱いて出ていった。満蒙開拓団*などもそうですね。

それで向こうに行くと、今度は植民地支配者の一員として、現地の人たちに対して優越感をもってふるまう。そういう構造です。

僕が四歳か五歳のころだったと思いますが、日本人は僕の家族と交番の巡査の家族がいるだけという小さな村の小学校に、父親が校長として勤務しました。普通学校といって、朝鮮人の子供だけの学校です。まわりに日本人の子供がいなかったので、僕も朝鮮の子供たちと遊んでいました。

父親はまだ三〇歳になっていなかったはずです。貫禄《かんろく》をつけないといけないと思ったのか、ヒトラーみたいなチョビ髭《ひげ》をたくわえるようになりました。

そこはほんとうの寒村で、実にさびしいところでした。ヌクテという、山犬とオオカミの中間のような動物がいて、夜中にその遠吠《とおぼ》えが聞こえてくると、母親は非常に恐ろしがって、早くここを離れて日本人のたくさんいる、もっと大きな街に行きたいと父親に訴えていました。

そのころはまだマンセー事件、日本では万歳事件といいますが、ああいうものの余波がかすかに残っていたんでしょう。

万歳事件というのは、一九一九年の三月一日に、日本支配からの解放を望む朝鮮民族がソウルで起こした反日独立運動で、日本の軍隊と警察が武力によって鎮圧しました。この村でも大勢の朝鮮人が軍隊に射殺されたという話を巡査から聞いて、母親はおびえていたようです。

「下級インテリ」だった父

日本人のたくさんいる、もっと大きな街で暮らすには、文部省の検定試験を受けて合格するしかない。五木さんの父親は、懸命に勉強した。玄関脇の三畳間で毎晩、毛布をかぶってランプの灯《あか》りでノートを取っていた姿を五木さんはおぼえている。

――専検とか文検とかいう試験があって、そのための勉強を、いつも明け方までやっていました。

＊満蒙開拓団（まんもうかいたくだん）
満洲事変以降に満洲・ソ連の国境地帯に送り出された日本人の農業移民団。終戦のときには約三二万人もいた。

ひとつ合格すれば、少し大きな街に移ることができる。もうひとつ合格したら、もっと大きな街に行ける。そんなふうにして、一歩ずつ出世の階段を上っていったのです。

やがて大都会ソウルにある南大門《なんだいもん》小学校に奉職します。太平洋戦争開戦の二年くらい前だったでしょうか。ここは名門といわれる学校でした。母親の願い通り、僕の家族は、日本人がたくさんいる大きな街で暮らすことができるようになったわけです。

さらに努力を重ねて、終戦のころには、さきほどもお話ししたように、ピョンヤンの師範学校の高等部で教えるようになっていました。つぎは視学になることを目標にしていたようです。視学というのは教職員を監督し指導する行政官です。

父親は当時の典型的な下級インテリの一人でした。学者とか大学の教師とかの上級インテリではない、もっと下層のインテリです。石原莞爾《かんじ》などの影響を受け、五族協和とか大東亜共栄圏といった意識を持ちつつ、天皇国家中心主義の「皇道哲学」を奉じていました。

あるとき、父親の机の上に和綴《わと》じの原稿があったんです。見ると表紙に、筆文字で「禊《みそぎ》の弁証法」とありました。ヘーゲルの弁証法を父親は若いころに読んだらしく、その著作が本棚にありました。そこに自分の専門だった平田《ひらた》篤胤《あつたね》や賀茂《かもの》真淵《まぶち》や本居宣《もとおりのり》長《なが》などの国学者の思想をこねくり合わせて、何か自分のものを書こうと思っていたのかもしれません。

五木さんは毎朝欠かさず、『古事記』や『日本書紀』の素読と剣道の素振りをさせられた。父親は小倉師範学校時代から剣道部で活躍していた剣道の有段者だった。本好きだった五木さんを、本を読みすぎると目が悪くなる、それよりも身体を鍛えて立派な兵士になれと言って叱った。海洋少年団の合宿で、手旗信号の成績が一位になると、小遣いをくれたという。

――当時の子供は徹底的に「少国民」として育てられました。軍国主義の教育の中で人格を形成されてきたわけで、僕も小学生のときからずっと、少しでも早く軍人になって戦地に行こうと思っていた。当時は少年兵の制度があって、一四、五歳から志願することができたんです。通信兵や戦車兵、それから海兵団に入るという道もあった。中でも少年たちが憧れたのは飛行兵です。僕も飛行機乗りに憧れて、できれば爆撃機より戦闘機に乗りたいと思っていました。

当時、陸軍には少年飛行兵、海軍には予科練がありました。そのどちらかに入りたいと思い、中学二年か三年になったら受験しようと考えていたんです。中学を普通に卒業して旧制高校などの上の学校に行くつもりはまったくありませんでした。

ぬぐいきれない皇国教育の残滓

――加藤隼《はやぶさ》戦闘隊というのがありましてね。加藤建夫《たてお》中佐というパイロットが率いて大活躍をした飛行部隊で、『加藤隼戦闘隊』という軍歌にもなりました。この歌は一世を風靡《ふうび》した名曲で、朝な夕なにこの歌を歌えば、心の底から、自分も青空に散華したいという気持ちになったものです。そのころは自分が二〇歳まで生きているなんて、考えもしませんでした。

いつも考えていたのは、自分が特攻隊の一員として飛び立って、敵の航空母艦なり戦艦なりに向かって突っ込んでいくとき、途中で逃げないだろうか、無意識のうちに操縦桿《かん》を戻してしまったりしないだろうかということです。

機体を急降下させて、目の前にどんどん敵艦の甲板が近づいてくる。そこに爆弾もろともぶつかっていくことができるかと、毎日、自問自答していました。「やるんだ」という気持ちと「怖い」という気持ちがせめぎあって、「いや、でもやらなければ」

と自分に言い聞かせていたんです。

ええ、真剣でしたよ。戦死以外の死に方というのは考えられませんでしたから。教育ってそういうものです。

学校の音楽の時間には、敵機の爆音や艦船のスクリュー音のレコードを聴いて、機種や船種を判別する訓練をしました。歌うのは軍歌と戦意高揚歌ばかりです。「教育勅語」*や「軍人勅諭」*、それから「青少年学徒に賜はりたる勅語」なんていうのも叩《たた》き込まれた。いまも全部おぼえています。全文、暗唱できてしまう。

素読をやらされた『古事記』や『日本書紀』もそうですが、頭ではなくて身体に入ってしまっている。記憶としてじゃなく、生理的に残っているんです。

*教育勅語（きょういくちょくご）
正式名称は「教育ニ関スル勅語」。天皇制国家における国民の道徳の基準を示したもの。一八九〇（明治二三）年一〇月三〇日に発布され、全国の学校に配布された。一九四八（昭和二三）年六月一九日に廃止。
*軍人勅諭（ぐんじんちょくゆ）
正式な名称は「陸海軍軍人に賜はりたる勅諭」といい、一八八二（明治一五）年に明治天皇から陸海軍軍人に与えられた。

邪魔で邪魔でしょうがないんだけれども、消えないんですよ。追い出そうとしても出ていってくれない。

そのくらい徹底した教育を、日本はやったのです。ナチスのヒトラー・ユーゲントなどよりもっとすごい、ある意味で見事な教育だったわけだけれども、それは為政者とか政治家がそのように強制したからできたのではない。教育の現場にいる一人一人の教師が、熱意をこめて指導したからこそ、子供たちの血となり肉となっていったんですね。

子供と直接向き合った人間が本気でやれば、そういうことができてしまう。僕なんかも、その後にどんな教育を受けても、それはほとんど抜け殻にペンキを塗っているようなものでね。どうしようもないんです。

たとえば親鸞《しんらん》という人は、法然《ほうねん》に出会って、これまで身につけた仏教の教養をすべて無にして、一介の民百姓のようになろうとしたわけです。痴愚となってただ南無阿《なむあ》弥陀仏《みだぶつ》を唱えればいいと説いた師に共鳴して、その後をついていこうとした。けれども、かつて比叡山《ひえいざん》で学んだ旧来の仏教のカルチャーがどうしても抜け切れない。比叡山で学んだお経を夢の中で読んでいたりするんです。

ああ自分は駄目だ、そういうものをすべて捨て去って白紙の状態になり、念仏ひとすじに帰依したと思っていたのに、かつて懸命に学んだものは、ぬぐってもぬぐってもぬぐい去れないものなのか——そんなふうに親鸞は嘆きます。そういうものなんですね。僕の中にも、戦時中にしみこんで、いつまでも消えないものが確かにあって、それはとても嫌です。

民衆の戦争は終戦の日から始まる

——刷り込まれたのは、いま思えば単純な、もう見え見えの思想なんです。いまなら受け入れられるはずがないんだけれども、当時は国を挙げてそれにどっぷりつかっていたわけで、その基盤には日本の大衆的なカルチャーがある。

当時、日本人が歌っていた流行歌は、勇壮な軍歌の間にあって、人の心をふっと慰めるようなものでした。そんな中で特に「いいなあ」としみじみ感動した歌に、兵士を見送る若い奥さんの歌があった。見送っているホームの陰で頰に涙が流れてたとか、センチメンタルでものすごく通俗的なんです。

その歌の中に「今度逢《あ》う日は来年四月、靖国《やすくに》神社の花の下」という歌詞があって、それに僕はほんとうに感動し、共鳴した。人間というものがいかに不確かで、ある色に簡単に染められてしまうものかということをつくづく感じます。

敗戦によって、旧植民地では支配する側とされる側が逆転した。朝鮮は独立国への道を歩みはじめ、そこで暮らしていた日本人は、国の保護を受けずに生きねばならなくなった。

敗戦から約一か月後、ピョンヤンにソ連軍が入城してきた。最初にやって来たのは、それまで第一線で戦っていた戦闘部隊である。

わずかに残っていた日本軍の将兵は武装解除され、ソ連軍の指揮下に入った。その後、シベリアなどに連行されていき、ピョンヤンの日本人は孤立無援の状態に置かれる。ソ連兵による略奪や暴行が相次いだ。

ある日、五木さんの家にソ連軍の兵士たちがやってくる。マンドリン銃と呼ばれる軽機関銃を手にしていた。父親は風呂《ふろ》に入っており、半年ほど前から体調をくずしていた母親は居間に布団を敷いて寝ていた。

ソ連兵は父親に銃を突きつけて壁際に立たせ、別の一人が五木さんの母親の布団をはいで、ブーツの足で胸を踏みつけた。母親は激しく吐血したという。

そのときのことを五木さんは、戦後五七年をへてはじめて文章にしている。

そのエッセイ「一枚の写真」（『運命の足音』所収）の中で五木さんは、〈……私は半世紀以上かかって、ようやく母親のことを思い出さずにすむようになってきていたのだ。なんとかその記憶を消しさりたいと、私はながいあいだずっと必死で闘ってきた〉と書いている。

ソ連兵は二人がかりで、布団ごと五木さんの母親を持ち上げると、セメント袋を投げるように、縁側から庭に投げ出したという。父親も、一二歳だった五木さんも、身動きできずにそれを見ていた。ソ連兵たちは家にあるものほとんどすべてを略奪し、出ていった。

数日後、師範学校の舎宅だった家はソ連軍に接収される。五木さんと父親は雨の中、リヤカーに布団を敷いて母親を乗せ、家を出た。

住む場所のあてはない。とりあえず日本人たちが避難している旅館へ行った。難民としての生活のはじまりである。

それからまもなく母親が亡くなった。父親は、いつまでも大声で泣いていたという。

――福岡の教師時代からの人生のパートナーですからね。その母親を、父親は守ることができませんでした。

敗戦によって、父親の信じていた思想も信念も職場もキャリアも、一気に吹っ飛んでしまった。それに加えて、恋女房の死です。大事なものがいちどに崩壊してしまったわけで、もう茫然自失して、廃人同様という感じでした。

民衆の戦争は、終戦の日から始まる——僕はそう思います。

一〇〇人一〇〇通りの引き揚げの悲劇

それから引き揚げまでの二年間、五木さんの一家はピョンヤンで暮らした。その間、五木さんは、アルコールにおぼれるようになった父親に代わって家長の役割を果たした。長男である五木さんには幼い弟妹がおり、彼らを何とか食べさせていかなくてはならなかった。

ソ連軍の将校の家に働きに行き、闇市で商売もした。まだ一二、三歳の少年が大人たちと渡り合うには、馬鹿にされてはならない。煙草を吸い、マッカリを飲み、大人たちに交じって博奕《ばくち》をした。すっかり不良少年になった五木さんを、父親は叱ることができなかったという。

日本に引き揚げるまでの間に五木さんが見たものは、極限状態での赤裸な人間の姿だった。ソ連兵から受ける仕打ちだけではなく、日本人が日本人に行った残酷な行為を目にしなければならなかった。

朝鮮半島は、北側にソ連軍が、南側にアメリカ軍が進駐していた。米ソ間の緊張関係もあり、ピョンヤンからの引き揚げはなかなか進まなかった。いつ帰れるという情報も入ってこない。少しでも早く日本に帰るために、北にいた日本人たちは自力で三十八度線*を越え、南に脱出しようとした。なけなしの金をはたき、あるいは借金をして、何人かのグループでソ連軍のトラックを買収するのだ。

何度かの失敗の後、五木さんたちの家族のほか三〇人ほどを乗せたトラックは、三十八度線に近いところまで来た。

それまでいくつかの検問所でソ連兵に止められたが、ワイロを渡して通してもらっていた。ところが最後の検問所で「女を出せ」と言われてしまう。結局、乗っていた女性の一人を説得し、差し出したという。

*三十八度線（さんじゅうはちどせん）
第二次世界大戦末期、ヤルタ協定により、朝鮮半島を横切る北緯三八度線を境に北をソ連、南をアメリカが占領した。後にこの線を挟んで北朝鮮と韓国の二つの国家が生まれた。

そうしてぶじに検問を通り、徒歩で川を渡り、三十八度線を越えることができた。米軍のキャンプに収容され、しばらくして仁川《じんせん》の港から米軍の上陸用船に乗った。

——引き揚げというのは、一〇〇人いれば一〇〇通りの経験があって、みんなそれぞれ違うんです。だから一律には言えないんだけれども、たくさんの悲劇がありました。栄養失調や伝染病で死なせるよりはと、子供を朝鮮人や中国人に託す母親もいましたしね。

引き揚げてきて内地に上陸すると、女の人たちは「婦人調査部」というところで身体検査を受けなければなりませんでした。レイプされて性病にかかっていないか、妊娠していないかなどを調べるんです。

敗戦後の混乱の中で暴行を受け、妊娠してしまった人は——これを「不法妊娠」と言ったんですが——トラックで福岡の郊外にある施設に連れて行かれ、堕胎手術を受けさせられたそうです。

当時その仕事にたずさわった日赤の婦長さんという人に話を聞いたことがあります。麻酔なしの手術だったそうですが、泣き声をあげる人は一人もいなかったとおっしゃっていました。それを聞いて、何ともいえない気持ちになりましたね。

当時、人工中絶手術は法律で認められていませんでした。医師法違反に問われる危険を承知で、引き揚げ者のために献身的に働いた医師たちがいたんです。

僕たちは丸腰で戦場に放り出された

――引き揚げのことについては、非常に話しにくいです。いろいろな体験をして、いろいろなものを見たけれども……。話すということをすると、それは「表現」になってしまう。繰り返し話していると起承転結が出てくるし、何というか、効果的な表現になってくるんですね。それはちょっと、たまらないようなところがある。

親鸞は、善悪というものはない、人は置かれた状況によって善も行えば悪も行う、そういう不確かな存在なんだと言っています。まさにその通りだと思いますね。

僕だって嘘もつくし、人を押しのけて行列の前に出ようとすることなんか当たり前だった。食事の配給のとき、また後ろに並び直してもういっぺんもらうとか。そういうことをしない人は、まずいません。どんなときも人間らしさをきちんと保って「お先にどうぞ」とやっていた人は、大体は帰ってこなかった。中国に「善き人は逝く」という言葉があるそうですが、死者に対して後ろめたい思いがずっと僕の中にあります。生きて日本に帰ってくることができたというのは、それだけで、帰ってこられなかった人に負債を負っているように思うんです。

引き揚げのことを題材に作品を書くことを僕はしてこなかったんですが、おそらくこれからもしないと思います。自分の体験した非人間的な出来事を書くというのは、自己告白とか懺悔《ざんげ》とか、そういうことにつながるものでしょう? それはやはり、天に対して行うべきもので、公表してやるものではないという気がします。

私はこれまで、五木さんが戦争について語ったり書いたりしたものにふれるたびに、その感覚が、まるで兵士として戦場にいた人のようだと感じてきた。

かつて銃を持って前線に立った人に話を聞くと、多かれ少なかれ、死んだ戦友の存在を背負って戦後を生きてきたことがわかる。同じように、五木さんもまた、死者を意識し、死者に対して責任を感じながら生きてきたように思えるのだ。わずか一二、三歳の少年だった人がそうした感覚を持つのは、稀有《けう》なことである。

それはおそらく、家族を守る力ばかりか生きる気力まで失ってしまった父親の代わりに、大人として生きなければならなかったからであり、さらに、引き揚げの過程で経験したことがあまりにも過酷だったからだろう。

「五木さんの感覚はまるで、兵士として戦場にいた人のようですね」

私が言うと、五木さんは答えた。

「でも、実を言うと僕は、兵士については見方が多少きびしいんです。彼らは国家の命令で戦場に駆り出されたけれども、少なくとも銃を持って出たわけです。身を守るすべを持ち、それで敵を撃つことを許されていた。でも一般の市民は、誰も守ってくれない無法状態の中に、丸腰のまま放り出されたんですから。前線の兵士も大変だったけど、戦争は一般市民に対して残酷なものです」

引き揚げ後の五木さんの父は、闇屋やブローカーをやり、芋焼酎《じょうちゅう》の密造をした。やがて教師に復職したが、教壇の陰でポケットウイスキーを飲んでPTAに非難されたりしていたという。結核になって療養所に入ったが、昭和二七年に五木さんが早稲《わせ》田《だ》大学に合格したときは、血を吐きながら自転車を押して、恩給証書を担保に入学金を工面してくれたという。その年に死去。享年五六だった。

そのころ学費の滞納で大学を追われていた五木さんは、旅費を工面できず、帰省することができなかった。〈リヤカーにのせて夜中に運んだ棺の隅から血がしたたっていた、と、あとになって弟からきいた。〉とエッセイ「遠景のなかの父」(『運命の足音』所収)にある。

あとがき

今年（平成二三年）、未曾有《みぞう》の震災が日本を襲った。映像や写真で被災地の子供たちの姿を目にするたびに、かれらの目にいま映っているものが、どのようなかたちで、その心と体に刻まれていくのだろうかと考える。

地震や津波によるすさまじい破壊の光景。それだけではない。周囲の大人たちの言動、テレビに映し出される政治家や企業家の姿、ニュースキャスターの表情、新聞の見出し。青いビニールシート、瓦礫に積もった雪、食事がわりの菓子パン、泥だらけの教科書。人の遺体を見た子供もいたはずだ。

きっと子供たちは忘れないだろう。分析したり、言葉で表現したりすることがいまはできなくても、目にした光景は、心の深いところに焼きついて、消えないに違いない。

そんなことを考えたのは、去年から今年にかけて、本書に登場する一〇人にインタビューをしたからだ。いずれも戦争の時代を子供として生きた人たちで、太平洋戦争が始まったときの年齢は、五歳から一〇歳である。

戦争について書かれた記録のなかで、子供はつねに脇役である。保護されるべき弱者であり、歴史になんの影響も与えない存在。しかしかれらは、戦争という日常のなかにあって、「見る」という行為を全身で行っていた。今回の取材を通して、脇役だからこそ見えるものがあることに、あらためて気づかされた。

一〇人の方たちの話を聞くと、大人たちが思っているよりもずっと鋭く、そしてこまやかに、子供たちは世の中を見ていたことがわかる。子供とは、時代が下ったとき、思いがけない歴史の証言者となる存在なのである。

特攻隊の基地の慰問に何度も行かされた中村メイコさんは、軍部が、若い特攻兵の士気を保つには、子供を見せるのが効果的だと考えていたことを見抜いていた。

終戦のとき満洲にいた山田洋次さんは、大人の男たちの間でコックリさんが大流行し、「いつ日本に帰れるでしょうか」と真面目に質問していた姿を見ている。

児玉清さんは、疎開先に児童の父母から送られてきた食料を、先生たちがこっそり食べていたのを知っていたし、倉本聰さんは、配属将校が小学生に向かって「お前たちのなかで、特攻隊を志願する者は一歩前に出ろ」と言った場に居合わせた。

子供の目に映った大人たちの姿から、当時の社会が垣間見《かいまみ》えてくるが、一方で、暗いだけの毎日ではなく、子供らしい、いきいきとした生活があったこともわかる。それらの記憶は驚くほど鮮明で、話を聞いていると、まるで映画を見ているようだった。

一〇人の話から、戦争という時代を生き抜いたことは、心に傷も残したが、困難を乗り越えたという自信にもなったことが伝わってくる。理不尽な運命が降りかかってきたとき、何とか生きのびようとする子供の強さと健気《けなげ》さに、本書を読む方は胸を打たれると思う。

本書は、雑誌『本の旅人』の連載をまとめたものだが、このたび単行本として刊行するにあたって、中高校生にもぜひ読んでほしいと思い、角川書店の古里学さんの協力を得て、わかりにくいと思われる語に註《ちゅう》を付した。また、なるべく振り仮名を多くした。

あの戦争が終わって六六年がたった。当時、子供だった人々が、いま貴重な経験を語ってくれたように、震災を経験した子供たちが傷を癒《いや》し、いつの日か、自分たちが見たものを次世代に語る日がくることを願わずにいられない。

最後に、多忙な時間を割いて経験を語ってくださった一〇人の方たちに心から御礼を申し上げたい。ほんとうにありがとうございました。

平成二三年七月

梯　久美子

解説

末盛千枝子（「3・11絵本プロジェクトいわて」代表）

私自身は昭和十六年生まれなので、ここでインタビューを受けておられる方たちの少し下の世代です。この年齢差による経験の違いは随分大きいのだと思います。とはいえ、重なる記憶もたくさんあって、とても興味深く読みました。ここに登場する方たちはどなたも、信じられないほど深く、戦争とその時代の影響を受けて大人になり、それぞれの分野で活躍してこられたのだということに圧倒されます。インタビューを受けることになったのであらためて、表面に出てきたということもあるかもしれません。聞き手である梯さんの真摯《しんし》な思いがそれを可能にしたのだろうと思います。

それにしても、なんと壮絶な少年時代、少女時代だったのでしょうか。もちろん、舘野泉さんや、福原義春さんのような幸せなと言ってもいいような少年時代を過ごしてこられた方もおられますが、それでもなお、この青春時代がなければ、その後のこの方たちの人生は、きっと全く違っていたのだろうと思います。そして、この方たちがこれらを経験されなければ、私たちは同時代を語るさまざまなドラマや、映画を見、音楽を聴くことにもならなかったのでしょう。なんと不思議なことでしょうか。我が家では父親を失ったばかりの二人の小学生の息子と、ほとんど時を同じくして始まった『北の国から』をテレビの前で正座するようにして見ていました。そして、この方たちにこういう少年時代、少女時代がなければ、『魔女の宅急便』を読むことも無く、『寅《とら》さん』さえも見ることは無かったのだと今さらのように思います。

舘野さんが北欧にひかれたのが、セルマ・ラーゲルレーヴの小説に出会ったことがきっかけだったと知ったことは、私には格別に嬉《うれ》しいことでした。なぜなら、私は、何か難しい局面にたったとき、よく『ニルスのふしぎな旅』のアッカ隊長のことを思うのです。自分の群れを安全な土地に着地させるために、どんなに大変な思いをしただろうか、と想像してみるからです。

そして、私自身が子供の頃に見ていて、大人になってから幸運にもまた手にした、とても好きだった絵本があります。それは酒井《さかい》朝彦《あさひこ》文・武井《たけい》武雄《たけお》画の『ユキグニノオマツリ』という小さな絵本で、少國民繪文庫の一冊として、昭和十九年に出版されたものです。今見ても、それは、本当に美しく素晴らしいのですが、その中に、自分の家で家族の一員のようにして飼っていた馬が軍馬として戦地に行ってしまうというくだりがあります。主人公の少年は、その馬がどうしているだろうかと気が気でないのです。立派にお役目を果たしているだろうか、と心配して、隊長さんの軍馬として勇敢に戦っている愛馬を夢にまで見るのです。たぶん、これは、小さい子供に向けて、小さい子なりに戦争についての心構えを説こうとしていた本だったのだろうと思います。

そういうことを考えると、私たちの世代も、それぞれにいろんなことを刷り込まれていたのだと思います。今でもハッキリ覚えているのは、子供心にアメリカ軍が攻めてきても、彼らは弱虫だから、みんな逃げていくのだと思っていたのです。なぜあんなことを思ったのだろうかと今も不思議です。終戦のとき私はたった四歳半だったのですから。

そして、終戦の放送を疎開先の盛岡の家のお隣で聞いたのですが、もちろん、それが何なのか、子供の私にはわかる筈《はず》もありません。ただ、大人たちが泣いていたのを不思議な気持ちで眺めていたのを覚えています。岩手も暑い日でした。

そして、戦後疎開したまま盛岡で小学校に入ったのですが、下校の途中でよその家から聞こえてくるラジオの「尋ね人の時間」というのが忘れられません。「何年頃どこどこに住んでおられた○○さん一家の消息をご存知の方、どこどこの○○さんが探していますということを毎日延々と放送していました。今にして思えば、それは戦後引き揚げてきた方たちが、むかしの外地での知り合いや家族を探してのことだったのだと思います。そして、戦争裁判の判決のニュースも聞こえてきたような記憶があります。

その頃、学校から子供に見せたい映画があると、午前中、映画館を貸り切って全校で見に行くことがありました。そうやって見た映画に、佐田啓二主演の『鐘の鳴る丘』、ソ連の『石の花』、アメリカの『仔鹿物語』などがありました。『鐘の鳴る丘』は浮浪児の子供たちを描いた映画で、同じような年の子供たちのことでしたので、他人《ひと》ごとでない思いで胸を痛めて見ました。いまだに気になるのは、私は浮浪児でした、という人に会ったことが無いことです。みなさん、そのことを人に知られたくない思いで生きてこられたのでしょうか。そして、『石の花』はストーリーはあまり憶えていませんが、ただ美しかったこと、石を掘り出すとそこに美しい模様が現れる場面が忘れられません。それに、『仔鹿物語』の悲しかったこと。少年がかわいがって育てていた子鹿が大きくなって作物を荒らすようになって、開拓者の一家は、ついにその子鹿を殺さなければならなくなるのでした。少年も可哀想だったし、そうしなければならない両親の切なさも胸に迫ってきました。

そして、学校では、復員してきたばかりの若い先生は、学生服の金ボタンを黒い色のものと取り替えて、そのまま着ていました。もちろん、子供たちは本当に貧しい服装でした。私の家では母親が父のセーターをほどいて、子供のセーターに編み直してくれました。それに、ランドセルなども、お兄さんやお姉さんのものをお下がりしてもらった子供たちだけがいいものを使っていました。雪国なのに、子供の長靴の配給が充分に無く、雪道を学校に行くのに苦労したものでした。そして、同級生には、お父さんが出征してしまったので、お父さんの郷里の盛岡に疎開してきて、東京生まれのお母さんと暮らしている悲しそうな友達もいました。彼女のお父さんは帰ってこなかったのです。そして、一家は、そのまま今に至るまで、盛岡で暮らしていることが最近わかりました。

それにしても、中村メイコさんの経験は本当にあっぱれです。ご両親のユニークなあり方にも魅了されました。そして、子供は、目の前で起こっている事態を正確に理解しているのだとあらためて思いました。これと同じような思いは、いろんな時に、例えば、息子たちの父親が突然死した時に、六歳の二男が、「僕のパパなのに」と言って泣いたことなどは、大人でもそれ以上の表現は無いと思うのです。それが、私自身が、子供のための絵本はこの程度でいいという考え方だけはするまいと思う大きな理由の一つになっているのです。

私の息子たちの父親である亡くなった前夫は一家で戦後に台湾から引き揚げてきたのですが、ずいぶんいじめられたようです。そういえば、私が子供だった頃、何かと言うと大人たちは、あの人は引揚者だから、とカゲ口をきいていたようでした。子供心にも、あれでいいのかなあと思っていました。今考えるとそれは、何かと他人を低く見ることで、自分を優位において安心する日本人の悪いくせではないかと思います。

また、子供の頃、私たちはお菓子を見たことがありませんでした。それで、絵本にデコレーションケーキの絵が出ていても、それがどのような味のものか想像がつかないのでした。配給であめ玉が配られたことがあったのですが、そのおいしさは今でも忘れられません。そして、私の家に出入りしていた父の後輩が、何かと言うと「シュークリームが食べたいなぁ」と言うのでした。あまりそれを繰り返すので、妹と私は、その人のことをひそかに「シュークリームバカ」とあだ名を付けていたほどでした。

そういうわけで、子供たちは戦前はあったおいしいものを知らないのですから、むかしの味を知っている大人の方が苦しかったのだろうと思います。母が、よく、戦争が終わったとたんに、食べ物がなくなったと言っていました。もちろん母の着物は、どんどんお米に変わりました。そして、大人たちが、戦前はよかったというのを聞いて育ったので、一体、いつ戦前を追い越したのだろうかということを不思議に思っていました。

学校から映画を見に行ったことは前にも書きましたが、『緑色の髪の少年』という映画も見ました。詳しくは憶えていないのですが、舞台は英国だったと思いますが、アメリカに渡っていた少年がある時、髪の毛が緑色になってしまい、友達にいじめられるのです。そして、やがてわかったのは、彼の髪の毛が緑色になったのは、彼の両親が亡くなったことを知った時だったというのでした。戦勝国と言われる国々でも、日本ほど悲惨ではないにしろ、それぞれ、大変な時を過ごしたのだと思います。そういう意味で、私にとって、まるで目から鱗《うろこ》が落ちるように思ったのは、大人になってから見たアメリカの『我等の生涯の最良の年』という映画でした。戦争が終わって故郷の小さな町に帰ってきた兵隊たちを待っていたのは栄光でもなんでもなく、実に苛《か》酷《こく》な現実との戦いでした。それをどうにか乗り越えていく様子を描き、それを『我等の生涯の最良の年』と表現していることに心を揺さぶられました。アメリカも健康な時代だったと言えるとは思いますが、表現するとはこういうことなんだと思ったのを忘れがたく記憶しています。

人間は歴史と関わってしか生きられないのだとつくづく思います。一人一人の人が、いろんなかたちで、歴史の影響を受け、両親の影響を受けて大きくなるのだと思います。もちろん中村メイコさんのご両親や、舘野泉さんのご両親のような方もいれば、梁石日さんのようにお父さんとの戦いの明け暮れの中で育った方もいる。そして、それぞれが、その個人的であり、社会的である歴史をくぐりぬけて、今日があるということに感動しています。これほど違った経験をしながら、なおここに共通して見えるのは、人間に対する信頼であり、希望を失わないことであり、温かさではないかと思うのです。これはすごいことだと思います。そして、この大変な経験を通してしか出てこなかった数々の素晴らしい作品を私たちは手にしているのだと思うのです。

【『昭和二十年夏、子供たちが見た戦争』関連年表】

子供たちの動き

1931（昭和6）年
3月14日　福原義春、東京に生まれる。
9月13日　山田洋次、大阪・豊中市に生まれる。

1932（昭和7）年
9月30日　五木寛之、福岡・八女市に生まれる。
生後すぐ朝鮮に渡る。

1933（昭和8）年
11月11日　辻村寿三郎、満洲国朝陽に生まれる。
この年　山田洋次、一家で満洲に渡る。

1934（昭和9）年
1月1日　児玉清、東京に生まれる。
5月13日　中村メイコ、東京に生まれる。

1935（昭和10）年

政治、社会の動き

1931（昭和6）年
3月　軍部によるクーデター未遂「三月事件」。
9月18日　満洲事変始まる。
10月17日　軍部クーデター計画発覚「十月事件」。

1932（昭和7）年
2月9日　血盟団事件。
5月15日　五・一五事件。

1933（昭和8）年
3月27日　日本が国際連盟脱退。

1935（昭和10）年

1月1日　角野栄子、東京に生まれる。
倉本聰、東京に生まれる。

1936（昭和11）年
8月13日　梁石日、大阪に生まれる。
11月10日　舘野泉、東京に生まれる。
この年　福原義春、長唄の稽古を始める。

1937（昭和12）年
この年　中村メイコ、『江戸っ子健ちゃん』で女優デビュー。

1940（昭和15）年
この年　角野栄子、生母を亡くす。

8月12日　陸軍省軍務局長永田鉄山暗殺。

1936（昭和11）年
2月26日　二・二六事件。

1937（昭和12）年
7月7日　盧溝橋事件。日中戦争始まる。
12月13日　南京大虐殺。

1938（昭和13）年
4月1日　国家総動員法公布。

1939（昭和14）年
5月11日　ノモンハン事件。
9月1日　第2次世界大戦勃発。

1940（昭和15）年
9月27日　日独伊三国同盟調印。

1941（昭和16）年
5月5日　舘野泉、ピアノを習い始める。
7月　角野栄子の父、再婚。
9月　角野栄子の父、召集される。
12月　角野栄子の父、除隊。

1943（昭和18）年
7月　梁石日、宮崎県に疎開。
この年　梁石日、父と岡山に疎開。

1941（昭和16）年
4月1日　小学校が国民学校に改称。
13日　日ソ中立条約調印。
7月28日　日本軍、南部仏印に進駐。
10月18日　東條英機内閣発足。
11月26日　アメリカが「ハル・ノート」を提示。
12月8日　日本軍、真珠湾を奇襲攻撃。
10日　マレー沖海戦。
16日　戦艦大和竣工。

1942（昭和17）年
1月2日　日本軍、マニラ占領。
2月15日　日本軍、シンガポール占領。
6月5日　ミッドウェー海戦。
8月7日　米軍、ガダルカナル島に上陸。

1943（昭和18）年
2月7日　ガダルカナル島陥落。
4月18日　連合艦隊司令長官・山本五十六が戦死。
5月29日　アッツ島の日本軍守備隊が玉砕。
10月21日　神宮外苑で出陣学徒壮行会。

1944（昭和19）年
春　辻村寿三郎、満洲を引き揚げ、広島市へ。
4月　山田洋次、都立八中に入学。
5月　山田洋次、満洲の大連に移る。大連一中に編入。
8月29日　倉本聰、山形県上山に学童疎開。
8月　児玉清、群馬県四万温泉に学童疎開。
秋　角野栄子、山形県長井に学童疎開。
秋　福原義春、長野県温村に疎開。
12月　倉本聰、原因不明の病気で疎開先から東京に戻る。
この年　粱石日、父・姉とともに東京に疎開。
この年　中村メイコ、一家で奈良県富雄村に疎開。

1945（昭和20）年
3月10日　東京大空襲。
角野栄子の父の質屋が全焼。
舘野泉の上野毛の家が全焼。
4月13日　東京が大規模な空襲を受ける。
児玉清の田端の実家が全焼。
4月　角野栄子、千葉県野田近くの村に疎開。
倉本聰、一家で岡山県に疎開。

1944（昭和19）年
3月8日　インパール作戦始まる。
6月15日　米軍、サイパン島上陸。
19日　マリアナ沖海戦始まる。
7月7日　サイパンの日本軍玉砕。
8月2日　テニアン島の日本守備隊玉砕。
10月21日　初めての特攻作戦。
10月23日　レイテ沖海戦。

1945（昭和20）年
2月4日　ヤルタ会談。
19日　米軍、硫黄島攻撃。
3月10日　東京大空襲。
13日　大阪大空襲。
17日　硫黄島の日本軍守備隊玉砕。
4月1日　米軍、沖縄上陸開始。
5月14日　名古屋大空襲。

4月　辻村寿三郎、広島県三次に引っ越し三次国民学校に編入。
春　福原義春、温村から豊科町に移動。
6月　空襲で梁石日の一家が焼け出され、奈良県に疎開。
8月15日・玉音放送を聞く。
　角野栄子　疎開先の千葉県野田近くの村
　児玉清　学童疎開先の群馬県原町の警察署
　舘野泉　疎開先の栃木県間中の桑畑
　辻村寿三郎　広島県三次
　梁石日　疎開先の奈良県五條
　福原義春　疎開先の長野県豊科町
　中村メイコ　疎開先の奈良県富雄村
　山田洋次　満洲大連の中学校
　倉本聰　疎開先の岡山
　五木寛之　平壌一中の校庭
9月　児玉清の疎開先の群馬に進駐軍がやってくる。
　福原義春、東京に戻る。
11月　辻村寿三郎、広島市の原爆ドーム付近で幼

29日　横浜大空襲。
6月19日　福岡大空襲。
6月　大阪に4回にわたり大規模空襲。
7月10日　仙台大空襲。
26日　ポツダム宣言発表。
8月6日　広島に原爆投下。
9日　ソ連軍、満洲に侵攻。
　長崎に原爆投下。
15日　日本無条件降伏。
30日　マッカーサー、厚木飛行場に到着。
9月2日　降伏文書調印。
27日　天皇がマッカーサーを訪問。

なじみのみっちゃんと会う。

1946（昭和21）年

春　倉本聰、東京に戻る。

舘野泉、全日本学生音楽コンクールで2位。

1947（昭和22）年

3月　山田洋次、大連から日本に引き揚げ、山口県宇部市に住む。

この年　五木寛之、朝鮮半島から福岡に引き揚げる。

1948（昭和23）年

この年　角野栄子、東京に戻り、女子中学校の二年に編入する。

舘野泉、全日本学生音楽コンクールで1位。

五木寛之、福岡県八女中学に編入。

1946（昭和21）年

1月1日　天皇の人間宣言。

5月3日　東京裁判開廷。

12月8日　シベリアからの初めての引き揚げ船が舞鶴入港。

1947（昭和22）年

1月31日　2・1スト、マッカーサーの命令で中止。

3月31日　新教育制度「六三制」がスタート。

5月3日　新憲法施行。

1948（昭和23）年

1月26日　帝銀事件。12人が毒殺。

5月1日　美空ひばり、デビュー。

11月12日　東京裁判でA級戦犯25人に死刑判決。

12月7日　昭電事件で蘆田均総理が逮捕。

1949（昭和24）年

7月6日　下山事件発生。

1952（昭和27）年

4月　五木寛之、早稲田大学に入学。

1953（昭和28）年

4月　角野栄子、早稲田大学入学。

この年　福原義春、慶應義塾大学を卒業して資生

7月15日　三鷹事件。

8月17日　松川事件。

11月3日　湯川秀樹がノーベル賞受賞。

1950（昭和25）年

7月2日　金閣寺炎上。

11日　小倉で武装した米兵250名が民家を襲撃。

8月10日　警察予備隊発足。

1951（昭和26）年

1月3日　紅白歌合戦始まる。

4月16日　マッカーサー、離日。

9月8日　サンフランシスコ講和条約調印。

1952（昭和27）年

4月9日　日航機「もく星号」墜落。

5月1日　血のメーデー事件。

1953（昭和28）年

3月14日　吉田内閣、バカヤロー解散。

堂に入社。

1954（昭和29）年
この年　山田洋次、東大を卒業して松竹に入社。

1955（昭和30）年
この年　辻村寿三郎、母の死をきっかけに上京。

1954（昭和29）年
2月19日　日本初のプロレス国際試合。
3月1日　第五福竜丸、水爆実験で被曝。
9月26日　青函連絡船洞爺丸転覆で1155人死亡。

1955（昭和30）年
7月　石原慎太郎が『太陽の季節』発表。
8月6日　第1回原水爆禁止世界大会開催。
8月　森永ヒ素ミルク事件。

1956（昭和31）年
5月　石原裕次郎、銀幕デビュー。
10月13日　砂川闘争。
11月8日　第1次南極予備観測隊出発。
12月18日　日本が国際連合加盟。

1957（昭和32）年
1月30日　米兵が日本人の農婦を射殺したジラード事件。

1958（昭和33）年
この年　児玉清、東宝のニューフェイスに合格。

1959（昭和34）年
この年　倉本聰、東大を卒業してニッポン放送に入社。
この年　角野栄子、ブラジルに移民。

8月27日　東海村で日本初の原子炉臨界実験成功。

1958（昭和33）年
2月8日　日劇ウェスタンカーニバル初日。ロカビリーブーム。
4月1日　売春防止法施行。
5日　長嶋茂雄、プロ野球デビュー。
12月23日　東京タワー完成。

1959（昭和34）年
4月10日　皇太子明仁と正田美智子が結婚。
7月24日　児島明子がミスユニバースに輝く。
9月26日　伊勢湾台風襲来。死者行方不明者5101人。

1960（昭和35）年
4月　だっこちゃん発売。
5月19日　自民党が新安保条約を強行採決。
6月15日　安保闘争で東大生の樺美智子が国会正門前で死亡。
10月12日　社会党委員長・浅沼稲次郎が刺殺される。

本書は二〇一一年七月小社刊の単行本に加筆し、文庫化したものです。

昭和《しょうわ》二十年《にじゅうねん》夏《なつ》、子供《こども》たちが見《み》た戦争《せんそう》

梯《かけはし》 久美子《くみこ》

平成25年 6月20日 初版発行
令和7年 9月10日 8版発行

発行者●山下直久

発行●株式会社KADOKAWA
〒102-8177 東京都千代田区富士見2-13-3
電話 0570-002-301(ナビダイヤル)

角川文庫 18005

印刷所●株式会社KADOKAWA
製本所●株式会社KADOKAWA

表紙画●和田三造

●お問い合わせ
https://www.kadokawa.co.jp/（「お問い合わせ」へお進みください）
※内容によっては、お答えできない場合があります。
※サポートは日本国内のみとさせていただきます。
※Japanese text only

ISBN978-4-04-100880-5 C0195

JASRAC 出 1305820-508

◆◇◇

角川文庫発刊に際して

角川源義

第二次世界大戦の敗北は、軍事力の敗北であった以上に、私たちの若い文化力の敗退であった。私たちの文化が戦争に対して如何に無力であり、単なるあだ花に過ぎなかったかを、私たちは身を以て体験し痛感した。西洋近代文化の摂取にとって、明治以後八十年の歳月は決して短かすぎたとは言えない。にもかかわらず、近代文化の伝統を確立し、自由な批判と柔軟な良識に富む文化層として自らを形成することに私たちは失敗して来た。そしてこれは、各層への文化の普及滲透を任務とする出版人の責任でもあった。

一九四五年以来、私たちは再び振出しに戻り、第一歩から踏み出すことを余儀なくされた。これは大きな不幸ではあるが、反面、これまでの混沌・未熟・歪曲の中にあった我が国の文化に秩序と確たる基礎を齎らすためには絶好の機会でもある。角川書店は、このような祖国の文化的危機にあたり、微力をも顧みず再建の礎石たるべき抱負と決意とをもって出発したが、ここに創立以来の念願を果すべく角川文庫を発刊する。これまで刊行されたあらゆる全集叢書文庫類の長所と短所とを検討し、古今東西の不朽の典籍を、良心的編集のもとに、廉価に、そして書架にふさわしい美本として、多くのひとびとに提供しようとする。しかし私たちは徒らに百科全書的な知識のジレッタントを作ることを目的とせず、あくまで祖国の文化に秩序と再建への道を示し、この文庫を角川書店の栄ある事業として、今後永久に継続発展せしめ、学芸と教養との殿堂として大成せんことを期したい。多くの読書子の愛情ある忠言と支持とによって、この希望と抱負とを完遂せしめられんことを願う。

一九四九年五月三日

角川文庫ベストセラー

ひめゆり
沖縄からのメッセージ
小林照幸

人間が人間でなくなっていく〝戦場〟での体験を語り続ける宮城喜久子。記録映像を通じて沖縄戦の実相を伝えていく中村文子。二人のひめゆりの半生から沖縄戦、そして〝戦後日本と沖縄〟の実態に迫る一級作品!!

国家と神とマルクス
「自由主義的保守主義者」かく語りき
佐藤優

知の巨人・佐藤優が日本国家、キリスト教、マルクス主義を考え、行動するための支柱としている「多元主義と寛容の精神」。その〝知の源泉〟とは何か？　思想の根源を平易に明らかにした一冊。

国家と人生
寛容と多元主義が世界を変える
佐藤優
竹村健一

沖縄、ロシア、憲法、宗教、官僚、歴史……幅広いテーマで、「知の巨人」佐藤優と「メディア界の長老」竹村健一が語り合う。知的興奮に満ちた、第一級のインテリジェンス対談!!

地球を斬る
佐藤優

〈新帝国主義〉の時代が到来した。ロシア、イスラエル、アラブ諸国など世界各国の動向を分析。北朝鮮―イランが火蓋を切る第三次世界大戦のシナリオと、勢力均衡外交の世界に対峙する日本の課題を読み解く。

国家の崩壊
佐藤優
宮崎学

1991年12月26日、ソ連崩壊。国は壊れる時、どんな音がするのか？　人はどのような姿をさらけだすのか？　日本はソ連の道を辿ることはないのか？　外交官として渦中にいた佐藤優に宮崎学が切り込む。

角川文庫ベストセラー

真実
新聞が警察に跪いた日

高田昌幸

北海道警察の裏金疑惑を大胆に報じた北海道新聞。しかし警察からの執拗な圧力の前に、やがて新聞社は屈していく。組織が個人を、権力が正義を踏みにじっていく過程を記した衝撃のノンフィクション!

妻と飛んだ特攻兵
8・19満州、最後の特攻

豊田正義

「女が乗っているぞ!」その声が満州の空に届くことはなかった。白いワンピースの女を乗せた機体を操縦していたのは谷藤徹夫少尉、女性は妻の朝子。最後の特攻は夫婦で行われていた!! 衝撃の事実に迫る。

13歳からの反社会学

パオロ・マッツァリーノ

常識のウソをぶっとばせ! 世の中の社会や情報を見るためのヒントを、くだらない(とされる)こともマジメに考える「反社会学」で学ぶ特別講義。表も裏も、裏の裏まで……世界の見方、教えます!!

もの食う人びと

辺見庸

人は今、何をどう食べ、どれほど食えないのか。人々の苛烈な「食」への交わりを訴えた連載時から大反響を呼んだ劇的なルポルタージュ。文庫化に際し、新たに書き下ろし独白とカラー写真を収録。

独航記

辺見庸

ジャーナリストとして生きた二十五年、小説を書き出して十数年。その両方の表現のなかで、心と体に分け入る濃密な文芸をものにしてきたその足跡をまとめた作品集。

角川文庫ベストセラー

自分自身への審問 辺見　庸

「新たな生のための遺書」。04年に脳出血、05年に大腸癌と、ある日突然二重の災厄に見舞われた著者が、入院中に死に身で書きぬいた生と死、国家と戦争、現世への異議、そして自分への「有罪宣告」！

いまここに在ることの恥 辺見　庸

脳出血、そして大腸癌と、ある日突然、二重の災厄に見舞われた著者が、恥辱にまみれた「憲法」「マスメディア」「言葉」「記憶」……を捨て身で書き抜く、思索の極限。いま、私たちは何を考えるべきなのか！

しのびよる破局
生体の悲鳴が聞こえるか 辺見　庸

世界金融危機が叫ばれたが、〝破局〟は経済だけに限らない。価値観や道義、人間の内面まで崩壊の道を歩む〝現代〟を切り取る。大反響を巻き起こしたNHK・ETV特集を再構成し大幅補充した警鐘の書。

たんば色の覚書
私たちの日常 辺見　庸

私たちは今、他者の痛みにまで届く想像力の射程をもちえているだろうか――？「私」という単独者の絶望と痛みをすべての基点におき、みずからを閉ざすことなく他者と繋がる手がかりを模索する。

完全版 1《イ》★9《ク》★3《ミ》★7《ナ》（上） 辺見　庸

人間の想像力の限界をこえる風景の祖型は1937年にあったのではないか。戦後、あたかも蛮行などなかったようにふるまってきた日本人の心性とは何か、天皇制とは何かを突き詰め、自己の内面をえぐり出す。

角川文庫ベストセラー

それでもドキュメンタリーは嘘をつく　森達也

「わかりやすさ」に潜む嘘、ドキュメンタリーの加害性と鬼畜性、無邪気で善意に満ちた人々によるファシズム……善悪二元論に簡略化されがちな現代メディア社会の危うさを、映像制作者の視点で綴る。

死刑　森達也

賛成か反対かの二項対立ばかり語られ、知っているようでほとんどの人が知らない制度、「死刑」。生きてはいけない人などいるのか？　論理だけでなく情緒の問題にまで踏み込んだ、類書なきルポ。

いのちの食べかた　森達也

お肉が僕らのご飯になるまでを詳細レポート。おいしいものを食べられるのは、数え切れない「誰か」がいるから。だから僕らの暮らしは続いている。〝知って自ら考える〟ことの大切さを伝えるノンフィクション。

オカルト
現れるモノ、隠れるモノ、見たいモノ　森達也

職業＝超能力者。ブームは消えても彼らは消えてはいない。否定しつつも多くの人が惹かれ続ける不可思議な現象、オカルト。「信じる・信じない」の水掛け論を超え、ドキュメンタリー監督が解明に挑む。

娼婦たちから見た日本
黄金町、渡鹿野島、沖縄、秋葉原、タイ、チリ　八木澤高明

沖縄、フィリピン、タイ。米軍基地の町でネオンに当たり続ける女たち。黄金町の盛衰を見た外国人娼婦。国策に翻弄されたからゆきさんとじゃぱゆきさん。世界最古の職業・娼婦たちは裏日本史の体現者である！

角川文庫ベストセラー

和僑
農民、やくざ、風俗嬢。中国の夕闇に住む日本人
安田峰俊

「日本人であること」を過剰に意識してしまう場、"中国"。そこで暮らすことを選んだ日本人＝和僑。嫌われている国をわざわざ選んだ者達の目に映る、日本と中国とは――。異色の人物達を追った出色ルポ！

移民 棄民 遺民
国と国の境界線に立つ人々
安田峰俊

なぜ女子大生は「無国籍者」となったのか？　なぜ軍閥高官の孫は魔都の住人となったのか？　国民国家のエラーにされた人々の実態、そして彼らから見た移民大国・日本の姿。「境界の民」に迫る傑作ルポ!!

嘘つきアーニャの真っ赤な真実
米原万里

一九六〇年、プラハ。小学生のマリはソビエト学校で個性的な友だちに囲まれていた。三〇年後、激動の東欧で音信が途絶えた三人の親友を捜し当てたマリは――。第三三回大宅壮一ノンフィクション賞受賞作。

心臓に毛が生えている理由《わけ》
米原万里

ロシア語通訳として活躍しながら考えたこと。在プラハ・ソビエト学校時代に得たもの。日本人のアイデンティティや愛国心――。言葉や文化への洞察を、ユーモアの効いた歯切れ良い文章で綴る最後のエッセイ。

米原万里ベストエッセイI
米原万里

抜群のユーモアと毒舌で愛された著者の多彩なエッセイから選りすぐる初のベスト集。ロシア語通訳時代の悲喜こもごもや下ネタで笑わせつつ、政治の堕落ぶりを一刀両断。読者を愉しませる天才・米原ワールド！

角川文庫ベストセラー

太平洋戦争　日本の敗因5
レイテに沈んだ大東亜共栄圏
編／NHK取材班

八紘一宇のスローガンのもとで、日本人は何をしたのか。敗戦後、引き揚げる日本兵は「ハポン、パタイ！（日本人、死ね！）」とフィリピン人に石もて追われたという。戦下に刻まれた、もう一つの真実を学ぶ。

太平洋戦争　日本の敗因6
外交なき戦争の終末
編／NHK取材班

日本上空が米軍機に完全支配され、敗戦必至とみえた昭和二〇年一月、大本営は「本土決戦」を決めたが――。捨て石にされた沖縄、一〇万の住民の死。軍と国家は、何を考え、何をしていたのかを検証する。

マルクスを再読する
主要著作の現代的意義
的場昭弘

資本主義国家が外部から収奪できなくなったとき、資本主義はどうなるのか？　この問題意識から、主要著作を読み解く。〈帝国〉以後の時代を見るには、資本主義〝後〟を考えたマルクスの思想が必要だ。

増補「戦後」の墓碑銘
白井聡

「平成」。国民益はもとより国益とも無縁な政治が横行するようになった時代。昭和から続いた戦後政治は、崩落の時を迎えている。その転換点はいつ、どこにあったのかを一望する論考集が増補版で文庫化！

新版 増補　共産主義の系譜
猪木正道

画期的な批判的研究の書として、多くの識者が支持した名著。共産主義の思想と運動の歴史を、全体主義に抗す自由主義の論客として知られ、高坂正堯ら錚々たる学者を門下から輩出した政治学者が読み解く‼

角川文庫ベストセラー

独裁の政治思想
猪木正道

独裁を恣意的な暴政から区別するものは、自己を正当化する政治理論の存在だ。にもかかわらず、権力の制限を一切伴わない現代の独裁は、常に暴政に転化するというパラドックスを含む。独裁分析の名著！

宗教改革の物語
近代、民族、国家の起源

佐藤　優

宗教改革の知識を欠いて、近代を理解することはできない。なぜなら、宗教改革は近代、民族、国家、ナショナリズムの起源となったからだ。現代の危機の源泉に挑む、原稿用紙1000枚強の大型論考!!

経済学
上巻

編著／宇野弘蔵

「宇野が原理論、段階論、現状分析のすべてについて体系的に編集した、唯一の著作」（佐藤優氏）。宇野弘蔵が宇野学派を代表する研究者と共に、大学の教養課程における経済学の入門書としてまとめた名著。

経済学
下巻

編著／宇野弘蔵

「リストに注目した宇野と玉野井の慧眼に脱帽する」（佐藤優氏）。下巻では、上巻で解説された原理論、段階論と経済学説史を踏まえ、マルクスの経済学の解説から入り、現状分析となる日本経済論が展開される。

張学良秘史
六人の女傑と革命、そして愛

富永孝子

1901年。軍閥・張作霖の長男として生まれ、百歳で世を去った張学良が初めて語った女傑たちとの物語。蔣介石夫人・宋美齢、ムッソリーニ令嬢・エッダ、幽閉時代を支えた妻と秘書に最高の女友達との秘史。

角川文庫ベストセラー

明治日本写生帖

フェリックス・レガメ
林　久美子＝訳
解説／稲賀繁美

開国直後の日本を訪れたフランス人画家レガメは、紙とペンを携え、憧れの異郷で目にするすべてを描きとめた。明治日本の人と風景を克明に描く図版245点、その画業を日仏交流史に位置付ける解説を収録。

欧米人の見た開国期日本
異文化としての庶民生活

石川榮吉

イザベラ・バード、モース、シーボルトほか、幕末・明治期に訪日した欧米人たちが好奇・蔑視・賛美などの視点で綴った滞在記を広く集め、当時の庶民たちの暮らしを活写。異文化理解の本質に迫る比較文明論。

神戸新聞の100日

神戸新聞社

阪神・淡路大震災。その瞬間、本社は崩壊し、システムは完全に麻痺した。ジャーナリストとして、一人の人間として、危機に立ち向かい新聞を発行し続けた、一三〇〇人の戦いを克明に描くノンフィクション。

僕の見た「大日本帝国」

西牟田　靖

十字架と共存する鳥居、見せしめにされている記念碑。かつて日本の領土だった国や地域に残る不可思議な光景は何か。戦争を知らない世代の著者が、埋もれてしまった「あの時代」を丹念に見つめ直す意欲作。

私の沖縄戦記
前田高地・六十年目の証言

外間守善

沖縄学の第一人者による壮絶な戦争体験記。本土防衛の犠牲となった沖縄で初年兵として従軍。激戦で知られる前田高地の戦闘をはじめ、戦後の捕虜生活をも語る。戦後明らかになった資料も踏まえた貴重な記録。